Hohjoh & Oshidari
「ムーン・ガーデン」

忍足さんは少しだけ近づいた顔をふいっと上げて正面から俺を見た。

「そうだな。北条くんとの仕事なんだから、北条くんを貰おうか」

「…俺、ですか?」

「ああ」

(本文P.67より)

Chara

ムーン・ガーデン

火崎 勇

キャラ文庫

この作品はフィクションです。
実在の人物・団体・事件などにはいっさい関係ありません。

目次

口絵・本文イラスト／須賀邦彦

俺、『北条知也《ほうじようともや》』は、子供の頃から大きくなったら何でもいいから『何か作る人』になりたいと思っていた。

それは多分、サラリーマンの父親を見ていたせいだろう。

会社に行って一生懸命働いている父親が、『働いた結果』というものを俺には見せてくれなかったからだ。

それが悪いと言っているんじゃない。サラリーマンだって、大切で、大変な仕事だとわかっている。

ただわかっているからこそ、朝から晩まで働いた親父が、過ぎた時間を振り返った時に『家庭』しか残るものがないのだとわかったら、何だかそれが酷《ひど》く寂しく思えたのだ。

だって外《ほか》ならぬ『家族』の構成員の一人である自分は、思春期にありがちなことに、両親と一緒に出掛けるなら友人と遊ぶ方がいいという年頃。親父が頑張って守っている『家族』を、自ら壊している。

それを思うと、親父には感謝と尊敬は持ちこそすれ、同じ職にはつきたくない。俺は、自分で働いた結果が振り返った時に見える仕事につきたいと思ったのだ。

結果、高校三年になって大学を選ぶ時、さんざん悩んだあげく俺が選んだのはN大の芸術学部映画学科。

作りたいと言ったって何を作るかは決めていなかったから、どうせならカッコイイものをと思って、『映画監督』なんてものを目指してみた。

今思えば若者らしい選択だ。映画を見るのが好きだし、肩書として何かカッコイイからって理由で決めたんだから。

それでも、最初の一年は結構真面目にやってたと思う。

理論、研修、実践。

だが二年も半ばを過ぎると、大学生活にゆとりが出来たのと、『映画を作る人間は色んなものに出会うために外に出て遊ばなきゃイカン』という先輩の教えに従って、かなりの放蕩《ほうとう》息子に変身してしまった。

仕送りだけでは足りずバイトをし、その金をつぎ込んで映画を見たり飲みに行ったり。狭い教室の講義よりも自由学習、課外授業。

8ミリ片手にあちこち行って、友人を増やすことに熱中した。

名前なんか覚えなくたっていいのだ。とにかく数会って、その中でフィーリングの合う人間を見つけるのが財産。

臭いことを言うようだが、その頃はそれが真実だった。

映画を撮るにしても何をするにしても、才能は必要だろう。でもセンスや技術だけが才能じゃない。いい仕事を紹介してくれる人と知り合える自分の運。俺のために少しは骨を折ってやろうと思ってくれる友人をつなぎ止めることの出来る自分の性格。そういうものも才能なのだと思っていた。

だから他の大学の映研サークルに在籍したり、友人の友人の飲み会に出たり。他のゼミの連中と遊び歩いたり、アルバイトで知り合った年上、年下の友人と付き合ったり。

映画館のハシゴや夜明かしの討論会、三日続きの飲み会なんかはざらだった。

吉田雄一《よしだゆういち》と知り合ったのは丁度その頃のことだ。

長身でメガネを掛けた人の良さそうなその男とは、自主製作の映画を撮って学祭に出品しようという時に知り合った。そのセットを作ってくれるヤツを探していたところ、T大の映研の田中《たなか》が連れて来たのが彼だったというわけだ。

「いや、俺も映画が好きでさ」

と言う彼はT大で建築を学ぶ建築家の卵。

同じ年ということもあって、大学は違うのに俺達はすぐに意気投合した。多分古い映画の趣味が一緒ってことも理由の一つだろう。優等生っぽい外見の吉田と、どこかちょっとぽやっとしてると言われてしまう一見真面目そうな俺の組み合わせはどこでも歓迎された。それが余計に一緒に行動する理由になったのかも知れない。

最初は単に遊び仲間だった。

まあしいて言えば当初の目的通り映画のセットを作るのに役に立ってくれるという程度の目的しかない付き合い。

けれどその他愛のない彼との付き合いが、俺のその後の運命を大きく変えることになったのだった。


ある週末、いつもの飲み会に誘うため彼にアパートから電話をかけたところ、今日はゼミがあるから少し遅れるという返事をもらった。

「今日は教授はいないんだけど、先輩達の設計図見せてもらえるんでどうしても出たいんだ」

受話器の向こう、そう言う吉田の声は少し上ずっていた。

「何だ、そんなに嬉《うれ》しいの？」

その興奮の度合いがわからず茶化すように聞くと、彼は反論した。

「当たり前じゃん。お前だって好きな映画監督の実験フィルム見せてもらえるって言われたら喜んでホイホイ飛んでくだろ」

　なるほど、それならわかる。

「そんなにいい先輩が来るんだ」

「学生時代から幾つか設計やってるって実践型の人が畑山《はたけやま》ゼミには何人かいるんだよ。その中でも優秀な人が三人、デザイン設計の図面持って来てくれるんだってさ」

「デザイン設計？」

「機能優先じゃなくてデザインの面白さ優先に作る建築のことさ。丸い家とか円錐《えんすい》形の家とか、そういうヤツ」

「へえ、面白そう。俺も見てみたいなぁ」

　ハッキリ言って、その時の一言は話の流れから出たものだった。

　その時点で俺に明確な建築への興味があったわけじゃない。

　ただ、丸い家って面白そう。吉田が興味のあるものなら俺も興味を持てるかも。まあそんなところでしかなかった。

　だから吉田が『それじゃ、そういうわけで遅れるから』と電話を切っていたらそこまでの話だっただろう。

　けれど実際は違っていたのだから仕方がない。

「何なら来てみるか？」

「え？」

「どうせ教授はいないし、紛れ込んでたってわかりゃしないよ」

「でもそれだって授業の一環だろ」

「先輩達の図面見て、後でレポート出すだけだから平気さ。まあ興味がないなら別にその後でいつものところで待ち合わせでも…」

「行く」

俺は即座に返事をした。

「行くよ。昼くらいに駅前のスパゲティ屋に行けばいいかな」

「いや、そんなら校門の前にあるハンバーグ屋にしよう。あそこ、今日から季節メニューが変わるんだよ」

先輩の設計図ってヤツに大した興味はなくても、めったにない機会というのに興味はあった。

他の大学の自分の専攻していない講義なんて絶対に覗《のぞ》く機会はないと思っていた。何だってやったことのないことは体験する価値があるという主義の俺としては、せっかくのチャンスを逃す手はないと思ったのだ。

大ざっぱに時間を決めて電話を切ると、俺はすぐに部屋を飛び出した。

T大前のハンバーグ屋で落ち合い、二人で昼飯をかき込む。後から入るよりは先にいた方がいいだろうということで、講義の始まる前に研究室へ入った。

畑山と書かれた黒いプレートの下がる古い部屋。

大きな教室で講義を受けることが多かった俺にとって、その資料室のようなこぢんまりした部屋はちょっと珍しかった。

「こんなとこでやんの？」

「今日はね。講義はちゃんと教室でやるよ」

黒板の前の大きな机には紙で作った模型が幾つも並んでいる。

設計模型ってヤツだろうか。ボール紙とスチロールパネルで作られた小さな家。

「あ、黒田《くろだ》さん、どうも」

吉田はその模型をセッティングしている男の一人に声を掛けた。

「よう、吉田じゃねぇか。元気でやってるか」

「はあ、まあまあ。あ、こいつ北条っていうんです」

そのまま隣にいた俺を引っ張って体格の良い大工みたいな男の前へ引き出した。

「ふぅん。畑山ゼミにこんなヤツいたっけ。結構ハンサムじゃないか、こんな可愛いのに覚えはないぞ。モグリの一年か？」

可愛いという意味は『坊や』ってことだろうか。黒田さんの目は子供を見るような感じだ。

「モグリはモグリでもウチの大学じゃないんです。言うなれば未来の映画監督かな。今つるんで遊んでるんですけど、いいヤツですよ」

「どうも、北条です」

俺は名前だけ言ってペコリと頭を下げた。

「へえ、よろしく」

おっかなそうな見かけと違って、相手はにっこり笑うと握手の手を差し出した。

「講義始まったらどっか端っこに隠れてろよ。畑山は来ないけど、早川《はやかわ》教授が顔出すって言ってたから」

「え、本当ですか？　マズイなあ」

「何、どうかしたの？」

急に歪《ゆが》めた吉田の顔に不安を感じる。遊び心はあるけれど、面倒なことはゴメンだ。

「早川教授ってカタブツなんだよ。未だに構内では喫煙するなとか言うアナクロな人でさ。まあ講義は面白いんだけど、他校の生徒が混じってるなんてわかったら何か言いそうな親父なんだ」

「何だよ、話違うじゃん」

「悪い。でも何とかするよ。何なら今見て来ちゃえよ」

調子がいいな、と思いつつも所詮自分達は単なる学生で、何もかもが自由になるわけではない。もしディスカッションを覗き見ることが出来ないなら、確かに今の内によく見ておいた方がいいだろう。

俺は吉田に誘われるまま模型の方へ近づいた。

驚いたのは飾って置きたいようなその精密さだ。このままちょっとした飾りだと言って飾ってもいいくらい。

毎回作るものでもなく、クライアントに出来上がりの全体図をわかってもらうために作るのだそうだが、ミニチュア模型みたいで気に入った。

そして黒田という人がついでだと言って出してくれた設計図。

家の設計図ってヤツを、今まで一度も見たことがないというわけではなかった。けれど今まで見せられて来たものは、直線だけが無機質に並ぶ数学のグラフみたいな印象のものばかりだった。不動産屋の店先に貼ってある間取り図にちょっと書き足したみたいな、四角ばかりが並ぶものばかりだった。

でも、広げられた設計図はまるでデザイン画のように美しい。一般家屋というよりもまるでどこかのホールのようだ。

学生に見本として提示させるだけの作品だというのは、すぐにわかった。

中でも、特に目を引いたものが一枚あった。

細かい書き込みとコンセプトを持って作られた『家』の図面。

細い線が交錯して、平面の中の空間を描いている。階段の螺旋《らせん》、側面図に描かれた窓枠のアーチ、家を囲むテラスも弓形、どれも設計図というものに相応《ふさわ》しくないほど曲線を多用して描かれている。なのに部屋の一つ一つはきっちりとしたスクエア。

細かい数字が書いてなければ、まるで何か幾何学的なアールデコのデザインイラストかと思うようなものだ。

しかも、内装はそれだけ凝ってるように見えるのに、添付されてる外観図は段差もなくすっきりとしていた。

同じ番号の模型図に目をやると、奇麗な図面は現実になっても完成された美を持つのだとわかる。

女の子だったら『キャー、かわいい！』と声を上げるところだろう。

「これ、すごいですね。バリアフリーってヤツですか？」

広げてくれたのが黒田さんだから、彼のものなのだと思ってそれを指さした。

「どれ？　ああ、これは俺のじゃないな。あっちにいるヤツのだよ。呼んでやろうか？」

せっかく闖入者《ちんにゅうしゃ》の自分を見逃してくれてる人を差し置いて、他人のものを褒めるということがあんまり歓迎されるべきことではないとわかっているから、俺は心の中ではそれを望みながらも首を横に振った。

「いや、いいですよ。それより黒田さんの見せて下さいよ」

この奇麗なものを作った人間がこの教室にいると聞いて、少し話を聞いてみたいと思わないでもなかった。

だが、あくまで自分は外来者なのだ。

吉田でさえ、親しく口をきくこの黒田に対してどこか一歩引いた態度を見せている。つまりそれが『先輩』ってヤツなのだ。その年功序列の中で外から来たものが余計な口をきかない方がいい。俺を呼んでくれた吉田のためにも。

それに、一番目を引いた『T・O』とサインの入った設計図を別にしても、そこにあるものは面白かったから黒田の説明を聞くことに専念した。

「建築ってのはコミュニケーションの一つなんだよ。北条くんだっけ？　君は映画を作るみたいだけど、建築も面白いんだぜ」

映画を作る、と言葉に出して言われるとちょっと恥ずかしいが、黒田の説明は聞くに値するものだった。

「こういう一般家屋一つとったって、家族と来客って人間のことを考えて形を作るだろ？　映画は作った者と見る者で、映画が上映されてる一瞬の時間だけの接点だが、建築は建物が建ってる限り人はそこに住み続け、訪れ続けるんだ」

それは『建築』ってものを自分の職業に選んだ人の言葉だから、多分に身びいきのある言葉だったろう。

けれど頷《うなず》ける言葉でもあった。

彼の講釈をもう少し聞いていても良かったのだが、すぐに授業開始のチャイムが響き、学生の群れが雪崩《なだれ》のように駆け込んで来てしまった。そして件《くだん》のおっかない早川教授も。

外来者の立場上、ひっそりと存在しなければならないのだが、俺を呼んだ当の吉田はどうしても前列で図面やモデルの現物を見たいらしい。仕方なく、女子供じゃないのだから別に一人でもいいよと言って彼と離れ教室の一番奥に陣取った。

「いいか、お前達。施工者の素材に形を与えるのが幾何学的なこういう設計図だ。通常は表面図、断面図、立体図の三種類がある。それぞれがウィルトルウィウスの三要素に当てはまるってのはもう習ってるな。今回は一般家屋だから必要がないが、この他にもプレゼンテーション用のパースというのもある」

ゴマ塩頭の早川教授はダミ声を振り絞って学生達に語りかけた。

「補足的な図面は原寸の部分詳細図、機械設備の図面なんかもあるな。ここに置いてあるような模型は一般家屋の場合には必要とされないが、お前達みたいなヒヨッコには後々宣伝になるから作っといて損はないぞ。畑山教授からの伝言で、後で今日協力してくれた先輩達の図面の特性と欠点を書いてレポートに出すようにとのことだ。何かわからんことがあったり質問があったら来なさい」

だがそれだけ言うと、教授は学生が騒がないための監督に来たのだというように隅の椅子《いす》にどっかりと腰を下ろしそのまま口を、閉ざしてしまった。

それを合図に前の方にいた学生の何人かが立ち上がり広げられた設計図と模型に歩みよる。どこがいいとか悪いとか、新しい着眼点だの反省点だの。ディスカッションが始まり、近くへ寄れない者は声を上げている連中の話をメモっていた。

俺はと言えば、最初こそそのどちらのグループにも属することが出来ず、ただ後ろの席でぼんやりとしていたのだが、会話に耳を傾け、それに興味を持ち始めると思わず他の学生のようにメモを取り始めていた。

ものを作るということ。

さっきの黒田某が言っていたように、確かに建物ってヤツは面白いかもしれない。ただ建っているだけならモニュメントと変わりはしないが、そこに人が入るとコミュニケーションの場になる。

だからそこを使う人のために設計士は線を引くのだろう。使いやすいように、居心地がいいように。その中で、本物の才能を持った者だけが、無機質な建物で人を魅了するのだ。さっきの『T・O』という人のように。

「興味があるなら前へ行ったらどうだ」

あんまりにも真面目にやっていたせいで、同じように後ろに席を取っていた長髪の男にそんなふうに言われ、思わず『すいません、俺、友達にくっついて来たモグリなんです』と正体を暴露しなければならなくなってしまった。

講義が終わり、吉田が近寄って来ると俺はすぐにその気持ちを口にした。

「すごく面白かった」

と。

それが俺の先へ進む道を転換させたのだった。

映画を作ることも嫌いになったわけではない。

ただ、より興味を引かれるものが出来ただけ。

大学の残りの時間の中、俺は吉田と組んで現実に建築に携われる仕事を探し、それを現実にすることを模索した。

最初に手掛けたのは小さな店舗の内装の改築をロハで引き受けるという仕事。

やってみてわかったのだが、どうやら俺は人見知りをしないこの性格のせいか、他人と会って仕事を探すということが上手《うま》いようだった。

反対に、吉田や、彼の紹介してくれた友人の建築家の卵達は社交的ならばアクが強く、仕事を貰《もら》うために頭を下げるということに対してプライドが高い、その反対なら他人と話をするのが苦手で一人の世界に没頭するタイプが多い。

だからまず、間口一間程度の小さな出店のようなTシャツ屋やアクセサリー店を探し、俺が企画と仕事を店主に持ちかける。ＯＫが出ると吉田達の中でそれに向いている人間、やりたがる者に話を通して着手。

二、三軒そんなふうにすると、だんだんとノウハウがわかり、施工主が金を謝礼として出してくれるようになり、やがて本当の意味での『仕事』として金を貰うことも出来た。

その中でも心に引っ掛かっていたのは俺に建築への興味を起こさせたきっかけと言ってもいい図面を書いた人間のことだ。

他の人間と比べてみてわかったのだが、吉田は結構な腕を持った人間だった。けれどあの図面を書いた者はそれ以上なのだ。

知りたい。

どんな人があの仮想空間を描いて現実にしたのか。現実に彼が生み出した空間はどんなものなのか。

時が経つに連れてその思いは強くなり、どうせわからないだろうとタカをくくりながらも、俺はある時吉田に聞いてみた。

「T・Oなら多分忍足《おしだり》さんだろ」

意外なほど簡単に貰える答え。

「『おしだり』？　変わった名前だな」

「忍ぶ足って書くのさ、忍足拓馬《たくま》。畑山ゼミの出世株で、この間もどっかの市民ホールをやったって言ってたよ」

「それ、どこ？」

「どっか東北《とうほく》の方だったな。知りたいなら調べてやろうか？」

「頼む」

吉田の情報を元に、俺はその市民ホールを見に秋田《あきた》まで行った。

立体として現実に立ち上がった彼の築いた空間は、やはりあの幾何学的な線の集合よりも奇麗だった。

過疎のその町は老人が多く、そのせいで公共事業に大金が落ちるとかで、田舎にはそぐわないほどの立派な建物。いや、違う。モダンでありながらどこかクラッシックで、山ばかりのその土地に似合った建物だ。

美観を損ねないように付いている手摺《てす》りや、川の流れのようなスロープが、老人のための建物であることを物語っている。つまり、その建物は土地に住む人、使う人とコミュニケーションの取れた建物だった。

何よりも、エントランスの部分に外光が差し込むようになっているのがとても気に入った。まるで『建物』ではなく『空間』を作っているような。

その後も、調べられるだけ調べて、彼の手掛けた仕事を全て追いかけた。まだ若いからだろう、一般家屋が多かったが、全てこの目に収めた。思った通り、その殆どが自然光を建物の内部に上手く取り入れる箇所があって、彼が作っているのは『空間』なのだという印象はより強くなった。

彼に会いたくて色々な集まりに顔を出しては捜し回ったのだが、彼はあまり社交的ではないのか、自分が出て行けるような集まりと重ならないのか、そういう場面で知り合うきっかけはなかった。

一度だけ見た彼の顔は動かない写真。建築関係のマイナー誌に載っていた何かの賞の授賞式の横顔。

背の高い、整った顔立ちの男は、無表情に左手でトロフィーを持っていた。

他にも、少ない情報を集めて、まるでアイドルを追いかける親衛隊のように彼を追いかけた。

手に入らないものに焦がれるのが人間の常なら、俺はその常道を行くだろう。仕事としても彼と組むことは難しく、出会う確率も低い。

声すら聞くことも出来ない。

けれどたった一枚の写真と、幾つかの彼の作品に絶対的なイメージだけが膨らんでゆく。

もしも、彼と組むことが出来たら、きっと素晴らしいものが出来るだろう。いつまでも残る、奇麗な空間を作り上げることが出来るだろう。

恋をするように、忍足拓馬という人が自分の胸の中で大きくなってゆく。仕事をして、彼以外の人間と彼の仕事を比べる度にその思いは強くなってゆく。

会いたい。

会って、彼と仕事の話をしたい。

どんな声で夢を語り、どんな手であのラインを引くのか、間近で見てみたい。

だがそれはあくまでも見果てぬ夢だ、今のところは。

現実ではまだまだ小さな仕事を着実にこなすことに集中しないと、彼との距離など一センチも縮まりはしない。

いつか、彼を指名出来るほどの建築プロデューサーになれれば、きっと組むことが出来るだろう。ただそれだけを信じて俺は自分の仕事に没頭した。

話を持ちかける店の対象をだんだんと大きな店にし、終《つい》に店全体の改築の仕事を受けられたのは大学の卒業も間近な頃だ。

俺はその改築の風景を映画にとり卒業制作として出品した。

タイトルは『ものを造る』で。

映画製作との付き合いはそれが最後となった。

親が過保護ではなかったことと、実家がまあまあの金回りだったこともあって、卒業イコールサラリーマンの道を選ばなくてもいいと言われたのも幸いだった。

俺はそのまま中途半端な仲介役を続け、あちこちのパーティに顔を出し、朝まで飲み歩き、そっち方面に顔を広げた。

「肩書、付けた方がいいぜ、何でもいいから」

という吉田の助言で、作った自分の名刺に『建築プロデューサー』という肩書を付けた。そういう職業があるのかどうかわからないが、企画を立て、関係者を説得し、クライアントを探し、キャスティングを行い、進行を管理し、場合によってはテナントやバックアップの斡旋《あっせん》をし、資金の調達方法まで考える。

他にそういう仕事に付ける名前を考えつかなかったから。

電話だけしかないような小さなオフィスを開き、『北条オフィス』という名も付けた。

だがずっと一緒にやっていた吉田と組まなくなって来たのもその頃だ。

誰でもそうなのだが、クリエーターというのは我が強い。仕事が順調に行けば行くほど、プライドも高くなる。

こちらが取って来た仕事に対しても、何かと文句を言うようになったり、クライアントの要望を無視して自分の作りたいものを口にするようになった。

それで段々と彼に仕事を頼む本数が減り、反対に彼が紹介してくれたり自分でどっかから引っかけて来た新しい建築家を登録させて仕事を回すようにしていた。

まあ雑誌の編集長みたいなものだ。

だがそれは却《かえ》って良かったのかも知れない。

何人もの人間と仕事をすることによって仕事の幅も広がったし、携わる人間が増えることによって口づてに俺の評判も広がってくれたのだから。

吉田との繋《つな》がりも細々としたものになってしまったがずっと続いていたし、友人として相談に乗ってもらうことも多かった。

　それに、彼の個人オフィスが俺のオフィスの隣に作られたことによって、飲み仲間としての付き合いも復活した。

　小さな挫折や失敗もあったけれど、何とか順風満帆。

　オフィスを作る時にした親への借金の返済も何とか終わった。

　自分の仕事に自信を持ち、何とか『北条です』と名乗ると少しは『ああ、あの』という反応が返って来るようにもなった。

　それが大学を卒業してから三年も経った頃だ。

　心に残るのはあの忍足という建築家と組みたいという気持ちと、そろそろ何か大きな仕事をやって名前を上げたいなんて夢。

　その二つのために、俺はただ前へ進むだけだった。


「北条さん、ですね？」

　その声に名前を呼ばれたのも、新しい仕事を求めてある集まりに出席した時のことだった。

　小さいけれど洒落《しゃれ》たレストランを貸し切って行われた、コンピューターネットワークの新会社のオープニングパーティ。社長として会社を立ち上げた男はご多分に漏れず飲み仲間の一人で、電車でゲロッた時に連れ帰って介抱してやった仲だ。

ここの会社の仕事を狙って参加したのではない。ベンチャービジネスに出資しようという連中と顔を繋ぐために来たのだ。

だから俺は声をかけてきた男が仕事を与えに来た方か貰いに来た方かがすぐにわかった。

「どうして俺の名前を？」

「ああ、さっき今田《いまだ》さんと話していたのを聞いたんですよ」

背は高く、身なりはどう見てもヤンエグって感じにブランド物のスーツを着こなしているハンサムな男。きちんと撫《な》でつけた髪がよく似合う頭の良さそうな顔だ。年は自分より上で、多分三十をちょっと越えた程度だろう。

「はじめまして、石原卓実《いしはらたくみ》と申します」

彼は絶対に仕事を与えに来た方だ。

「これはどうも、はじめまして」

物腰も丁寧で育ちの良さを窺《うかが》わせる。俺は差し出された名刺に目を落とし、彼の名前の上に刷られた肩書を読んだ。

「扇屋《おうぎや》デパート副社長…」

扇屋といえば私鉄沿線に大きなデパートを幾つも持ってる大手百貨店グループだ。この若い男がそこの副社長?

「二世の肩書ですよ、実績はないんです」

視線の意味に気づいて、石原さんは穏やかに笑った。

「北条さんは実績で名前を伸ばしているようですがね」

「俺を知ってるんですか?」

「ええ、M学園駅前のビーズ屋から聞きました。ウチで今度あそこの商品を扱うことになって店の主人と話をしたらあなたの名前が」

ああ、あれは結構いい出来だと自負している仕事だ。

「お褒めいただいて恐縮です」

「天然木を使った人のレイアウトも、流れを考えた出入り口の配置も見事でしたよ。だからまさかこんなに若い方だとは思いませんでした」

「一人でやるわけじゃありませんから、上手くいく時もあるんです」

「ご謙遜《けんそん》を。あなた自身、店のコンセプトをまとめたり工事業者の中を動くのは上手かったようじゃないですか。店主は大変満足してましたよ」

相手は値踏みするようにあからさまな視線で俺を上から下まで眺め回した。

「何…でしょう」

「どうです。あなたの扱うのは個人商店ばかりなんですか?」

石原さんのその言葉に、俺の胸がドキリと鳴った。

「いや、一般家屋や小さな商店街なんかも手掛けたことがあります」

期待をし過ぎるのはいけないことだ。彼が誘うような言葉を吐いても、大手百貨店の副社長であっても、だからどうってことはない。これは単なるパーティでの社交辞令なんだから。

「是非知りたいですね。あなたのした仕事」

「俺の、ですか?」

だがそうとわかっていても、石原さんの言葉は俺の心を大きく揺さぶった。

「俺と?」

「ええ。若いのにいい仕事をする人は好きです。特に、あなたとは気が合いそうだ」

「ビーズ屋の主人から聞いたんですが、物を作るのが好きだとか。私もです。特に何もないところから作るのがね」

「はあ」

「社長の息子に生まれてしまったから、受け継ぐものは多いのですが自分の力で何かをする機会は少ない。周囲の人間からすれば贅沢《ぜいたく》と言われるかも知れませんが、男として自分の力で何かをやりたいと思うのは当然でしょう」

「ええ、それは俺もそう思います」

「何かを作りたいと、今も思ってますか？　仕事としてだけでなく」

彼が何を言わんとしているかはわからないが、取り敢えず俺は素直に答えた。

「ええ。まだ若いですからね、失敗を恐れずに何かに立ち向かいたいって思ってます。石原さんだって、どこかにそういう情熱があるんじゃないんですか？」

「情熱ですか」

石原さんは上品な笑みを浮かべた。

「だが失敗を恐れるほどには年を取ってます」

「それはあなたが失いたくないものを沢山抱えるほどいい位置にまで上がってるからですよ」

「北条くんもそういうところに上がってみたいと思いませんか？」

意味深な視線。

何と答えるべきだろうか。

一瞬だけ躊躇《ちゅうちょ》して、俺は望まれているであろう答えを口にした。

「上がってみたいですね。チャンスがあれば」

返事の先においしい餌《えさ》がぶら下がってるとは限らないが、そう言ったからといって何を失うわけでもない。それなら万が一を考えて言ったもん勝ちだ。

「では、来週の月曜に今までのお仕事の資料を持って私のオフィスにいらして下さい。あなたに任せてみたい仕事があるんです」

けれど彼は、夢のようなチャンスを与えてくれた。

「俺に、ですか?」

すぐに信じられる筈《はず》はないから少し大仰な声で問い返すと、彼は手にしていたグラスに口を付けながら続けた。

「ええ。くだらないプライドと思うかも知れませんが、私は親の息のかからない人間と自分の力で何かを成し遂げたいのです。新しい自分だけの繋がりを持つ人間に自分の成功を手助けしてもらいたい。今抱えている物件が一つありましてね、北条さんのお話をお伺いした時、あなたならそれが出来ると思ったんですよ」

舞い上がるというのはこういうことを言うのだろう。

「月曜、いらして戴《いただ》けますね?」

努めて平静を装いながらも、血が頭に上って身体が熱くなる。

「是非、うかがわせて戴きます」

何か気のきいた言葉でも付けようと思っていたのに、そう答えるのが精一杯。

「では楽しみにしてます。月曜にまた」

石原さんは自分が仕事相手にどう見られるか十分に熟知したゆったりとした態度で微笑《ほほえ》むと、くるりと背中を向けた。

ざわめくパーティ会場。

食い詰め浪人みたいな若い連中はテーブルの食事に群がり、年配の肩書組はその中から自分のメガネに適《かな》う若い才能を探そうとしている。大物の釣果を求める太公望みたいに。

そして俺は、見事に石原さんという男に釣り上げてもらったというわけだ。

「ああ、すまないけど水割りを」

近くにいたウエイターに新しいグラスを頼み、手渡されると同時にそれを飲み干した。

これでやっと、一歩だけ夢に近づけただろうか。

いや、まだだ。まだ話を聞いてやると言われただけじゃないか。月曜に彼のオフィスを訪ねた後、『いい仕事でしたね』の一言でサヨウナラということだってありえる。いや、それさえ言ってもらえず、見込み違いだったという苦々しい顔をされながら『それではサヨウナラ』と言われてドアを閉じられるかも知れない。

今までだってそういうことがなかったワケじゃないじゃないか。期待を膨らませるのはもう少し先の話だ。レースで言うならまだ予選も始まってないような状態なんだから。

だが何と言い聞かせようと、今の自分には意味がないことはわかっていた。

頭の中では既に月曜に持って行く自分の仕事のレポートや写真を選び始めていたし、誰か上のランクの者に認められたという喜びで一杯だったのだから…。


「すごいんだよ。ホントに」

けれど、約束の月曜日。短くない石原さんとの会見の最後の一言は『それではサヨウナラ』にはならなかった。

想像は良い方に裏切られたのだ。

「駅の真ん前ってわけじゃない。少し離れたところなんだ。土地もデパートが建つというには広さが全然足りない。だからそこに何か作って欲しいって言うんだよ」

彼は三十分足らず、俺の持って来た写真や設計図やコンセプトレポートに目を通していたが、残りの時間の殆どを新しい彼の事業についての説明に費やした。

副社長として就任して初めて手掛ける彼だけの仕事。

それは会社の所有地でありながら中途半端な広さ故に今まで手が付けられず駐車場として放置していた場所。

何かの有効利用が出来ないか、と古株連中から持ちかけられた時、石原さんはそれが自分へのテストであると感じたと言う。親の七光りで役職に就いたボンボンに、何が出来るか見せてもらいたいという暗黙の圧力。

それならばそれを逆手にとって、彼等に自分の実力を見せつけてやりたいと思ったのだ。

だからこそ、社に関わる人間と組んでの事業展開は避けたい。

社の者が誰も知らない人間と組んで結果を出したい。

そう思ってる最中に耳に入ったのが俺だった。

「全部任せてくれるって言うんだよ。何もかも。すごい魅力的な申し出だろう?」

石原さんは部屋を去る俺に向かって『それではお願いしますよ』と微笑んだ。

彼は俺を舞い上がらせるのが上手い。上にいるその立場から、俺の欲しかったものをくれる気がする。

扇屋デパートのバックで仕事を受けて成功させたら、きっと業界でも認められるだろう。そうすれば忍足さんに一歩近づける。

俺は戻るとすぐに暫《しばら》く顔を見なかった吉田を電話でオフィスに呼び付けた。と言っても隣からやって来るだけなんだけど。

そして興奮醒めやらぬまま、彼に今日の出来事を話し続けた。

「何でも、だ。何でも出来るんだ。テナントショップでも、カフェでもレストランでも、アミューズメントでも屋台村でも」

冷蔵庫にいつもキープしているビールを出して、応接セットと呼ぶのもおこがましいビニールのソファに向かい合って座り、身振り手振りでその時の様子を説明する。

彼はいつも通りのシャツとチノパン、俺は石原さんと会うために身を包んでいたスーツの上を脱ぎネクタイを外し、リラックス。

彼と組むことが少なくなったとはいえ、やっぱりここぞという時に頭に浮かぶのはこいつだから、まず一番に相談したかった。

そして彼に、この仕事を受けてもらおうと思っていたのだ。互いにクセも性格もよくわかっている相手とやるのが一番いいと思えたから。

「それでさ、吉田に相談なんだけど」

説明が終わった後、俺は居住まいを正して吉田を見た。

「何?」

季節は暦の上でやっと春になったばかり。暖房を入れてアルコールも入れてても、少し肌寒い感がぬぐえない。

「この仕事、組まない?」

視線を合わせ、返事を待つ。

絶対に、喜んでくれると思った。

すぐにくれる返事は『YES』と信じて疑っていなかった。

なのに、彼は戸惑ったように一瞬顔を強ばらせた。

「吉田？」

「それ、何時《いつ》の話？」

「何時って、もちろんこれからすぐにかかるよ」

「マズイなぁ…」

「何がだよ。だってこんなに大きな仕事なんだぞ。何迷うことがあるんだよ」

意外な対応に少しむくれて言う。

彼はそれを押しとどめるように片手を上げ、手にしていたビールをぐいっと飲んだ。

「わかってるって、すごい仕事だよ。副社長がそれだけ入れあげてるってことは、成功すれば鳴り物入りになるだろうし」

「だろ？」

「でも時期がマズイんだ」

「何の時期」

「俺、一昨日新しい仕事が決まったんだよ」

先入れの仕事。

その一言にこっちも怯《ひる》む。

けれど大きな仕事を行うのに気心の知れない人間と組みたくはない。

「で…、でも、そっちは暫く待ってもらって先にこっちを…」

無理とわかっていても、俺は食い下がってみた。けれど吉田はやっぱり首を横に振った。

「レストランなんだ、しかも結構大きい。開業の予定日に間に合わせて考えなきゃならないから、もちろんかけもちをする暇もないよ」

「…そんなにデカイ?」

「ああ、オープンカフェ用の庭には造園のプロを入れる。だからそっちとのセッションもあるしな。俺は反対にこっちの仕事の仲介にお前を紹介しようかと思ってたくらいだよ」

二人同時に零《こぼ》れるタメ息。

「何でも上手くはいかないなぁ…」

そう言ったのも同時だった。

折角大きな仕事が入ったのに、互いに相手をパートナーに選ぼうと思っていたのに、決定的にスケジュールが合わないなんて。

「北条のも、後回しには出来ないんだろ?」

「もちろん、ダメさ。これ一本にかけるつもりだし」

「そっか…」

さっきまで美味《うま》かったビールが、急に冷たいだけの飲み物に変わってしまう。苦みは舌先をチリチリと焼き、悪い後味を残す。

「吉田が使えないと辛《つら》いなぁ」

「こっちもさ、お前が間に入ってくれればやり易いと思ってたのに。何せ造園の方は年のいったおばちゃんらしいから」

「ああ、そういう人って二極なんだよな、穏やかな人か我の強い人か」

「後者さ、もう会った」

吉田も行き詰まりを感じてか、持って来たポーチからタバコを取り出して火を点《つ》けた。伸びをするように背中を反らせ、近くの灰皿を取ってやる。吸い付け最初の灰はパン、と叩《たた》かれた拍子にガラスの器一杯に広がった。

「吉田の方はクッション材程度でいいなら蓮沼《はすぬま》紹介してやるよ。去年の年末居酒屋で会わせただろ。あいつ、女受けがいいからきっといい連絡係になってくれるぜ」

「あんまり覚えてないや」

「ほら、学生の時ぼんやりしたのがいたじゃん。酒が飲めないって言ってやたら食ってたのがいただろう」

「…ああ、あいつか。でもお前の方はどうする？　誰か紹介してやろうか？」

「紹介って言ってもなぁ」

俺が欲しいのは建築家だ。性格がいいとか顔がいいとかじゃ決められない。ネームバリューがあったとしても、それが自分の感性と合わない才能の持ち主では意味がないのだ。

沈黙が暫く続き、互いに自分の頭の中にあるリストをめくる。

大きな建物を手掛けたことがある人間で、出来れば発想の面白い人間がいい。型にはまってなくて、すぐに予定が空《あ》けられて、自分がこれと思う人間。

そんなものがいれば、の話だが。

「そうだ」

暫くは自分の知ってる限りの人間を片っ端から当たってみるか、と思った矢先、吉田が急に声を上げた。

「何？」

驚いて身体を起こし彼を見る。

「いい人がいるよ」

「いい人？」

「そう、俺の先輩で、ちょうどこの間久しぶりに顔合わせたんだ。確か年末までは暇だからアメリカでも行こうかって話してたから、もしまだ日本に残ってれば予定は空いてると思う。待ってろ、名刺貰ってこん中に入れてた筈だから見せてやる」

「ちょっと待てよ、誰でもいいってワケじゃないんだからな」

ポーチから名刺入れを取り出そうとしていた吉田は、手を止めて俺を見るとにやりと笑った。

「そりゃ『誰でも』なんてことは言わないさ。お前が明日俺にいいバーで一杯奢《おご》りたくなるような人さ」

「…誰だよ」

問い返すとその顔は更に得意そうに顎《あご》を上げた。

「忍足拓馬」

「…えっ？」

名前を聞いて、そこに相手がいるわけでもないのに思わず腰が浮いてしまった。

俺を見る吉田の得意そうな顔。いや、得意になってもいいさ、それが本当なら。

「本当に？」

「ホントさ。まさかイヤとは言わないだろう？」

そりゃ言わないさ。だって俺は彼の作品を見てこっちの世界に来たのだし、彼と組みたくて仕事を続けて来たのだから。

「でも、お前忍足さんと知り合いだなんて一言も言わなかったじゃないか」

「知り合いじゃなかったから」

「じゃあ何で」

「この間畑山ゼミのOB会があって、そこで顔合わせたんだよ。向こうから声かけてもらってさ、その後一緒に飲んだんだ」

「どんな人だった?」

仕事そっちのけで聞く質問。

「無口だったよ。でもやっぱりこう、感性がいいっていうか、仕事に厳しいって感じ」

「ハンサムだったろ」

これこそ仕事には全く関係ない質問だが、俺と同じように忍足拓馬を崇拝している吉田はちゃちゃも入れず答えてくれた。

「俺より背が高くてハンサムだった。カリスマって雰囲気あったよ」

「その時呼んでくれればよかったのに」

「俺だって緊張しながら話してたんだからそんなこと出来るわけないだろ」

「とにかく、ＯＫ貰えるかどうかはまだわかんないけど、当たって砕けてみる価値はある相手だろ？」

「うん、うん」

「ほら、これ」

吉田は捜し出した名刺を差し出した。

淡いブルーに濃いブルーを流したマーブル模様にローマ字と漢字で書かれた憧れの人の名前と住所。

「…俺がダイレクトに電話してもダメなんじゃないか？」

人生は流れだ。

「だから、明日俺が電話してお前と会うことまでは何とか約束取り付けてやるよ。そっから先は北条の腕次第だけどな」

悪い時にはどんどん悪い方向へ進むけれど、いい方向へ転換できれば今度はそっちへ向かって流れてゆく。

「頑張る」

今の自分はその『いい流れ』に乗った気分だった。

「どうだ？　明日俺に奢りたくなっただろ？」

「うん、うん」

「じゃあ渋谷《しぶや》の『ウエスト』で一杯な」

「OKだったらメシも付けてやるよ」


世間が春へ向かって芽を伸ばす。

植物も人も、一つ上へ向かって動き出す。

俺も、季節の力か、まぐれの運かわからないけれど、今上へ向かって行こうとしていた。

「会うだけは会ってもいいってさ」

という返事を持って俺にたかりに来た吉田《よしだ》に喜んで夕食と酒を奢《おご》った三日後、俺はいそいそと忍足拓馬《おしだりたくま》のオフィスに向かっていた。

約束の時間は午後二時。

静かな私鉄の駅から歩いて五分ほどの町並みの中に建つ三階建てのビル。コンクリを打っただけの小さな直方体が目的の場所だ。

絶対このビルも彼が建てたのだろうな。

四角を組み合わせただけの単純な構造なのに、角の一部が一階から三階まで刳《く》り貫《ぬ》いたように空《あ》いていて、そこが坪庭のようになっている。

行儀が悪いと思いながらもちょいっと覗《のぞ》きこむと、坪庭に面したところは道から見えない面が全てガラス張りになっていた。

これで外見上冷たい感じのするこのコンクリの建物の内部に、柔らかな外光が入るようになっているのだろう。

ここへ来る前に、家の中に溜め込んだ忍足さんの資料に全部目を通し直した。見直せば、見直すだけ彼に心惹《ひ》かれ、やっぱり自分はこの人が好きなんだなぁと再認識してしまった。

その人と会うのだ。

緊張し、心臓の鼓動が自分の耳に届くほど大きくなるのも当然。

深呼吸を一つしてインターフォンを鳴らす。中からはすぐに応答があってカギが開けられる音がした。

「どうぞ」

初めての声はドアが遮ってよく聞こえなかったが、まだまだこれからたっぷり聞けるさと思い直しドアノブに手を掛ける。

「失礼します」

震えがちの声でそう言いブルーの重い扉を引くと、視界に飛び込むのは吹き抜けの玄関、光の当たる長く伸びるフローリングの廊下。そしてそこにはたった一度小さな写真で見た忍足拓馬その人が立っていた。

すらりと伸びた長身。少し猫背ぎみに立っているから不揃いの長い髪が前に垂れ、そのせいで表情が見にくいが、少なくとも見えている締まった顎《あご》に笑みは見えなかった。やはり無愛想という吉田の評は当たっていたのだろう。

だが俺の緊張は彼を見たことによってピークに達し、足先までチリチリとした痺《しび》れを感じた。

「あ…」

声すらノドに張り付く。いかん、このままじゃ。ガキの使いじゃないんだから。

「…はじめまして、吉田から紹介に与《あず》かりました北条《ほうじょう》知也《ともや》と申します」

ぺこりと頭を下げ、彼の言葉を待つ。

けれど彼はうるさそうに前髪を掻《か》き上げて俺を見下ろしたまま何も言わず、不機嫌そうにじっと動かなかった。

「…あの」

値踏み、されてるのだろうか。俺、童顔だからな。やっぱりこんなガキが来たのかって思われたんだろうか。

「ああ、上がってくれ」

「では失礼します」

 整えられたスリッパを履いて、彼について中に入る。

 廊下からすぐ折れて入った広いリビングはさっき外から覗き込んだガラスに面しているせいで、光に溢《あふ》れていた。

すごい。

一階全てで一つの部屋なんだ。窓際にはモダンな感じのソファセット、壁に垂直に置かれた黒いデスクは彼の仕事用のものだろう。大した飾りはないけれど、効果的に置かれた観葉植物がともすれば無味乾燥に見える広いフロアを柔らかく演出している。

「すごい事務所ですね」

「ああ、事務所兼住宅だ」

「じゃあこの上にお住まいに？」

「人は入れないがな」

手で示されてソファに座ると、緊張は余計強くなった。

「お茶でいいか」

「あ、どうぞお気遣いなく。あの、お好きだってお伺いしてたもので、これどうぞ」

オレンジの皮をチョコレートでコートしたスティック。以前雑誌にこれをつまみに酒を飲むと書いてあったのを思い出し、あちこち探し回って買って来たものを差し出す。

「ああ、どうも」

喜んでくれたのかそうでないのかわからない無表情。せめてもう少し笑ってくれたりしないかな。笑えばもっとハンサムだと思うのに。彼が俺なんかを相手にして緊張してるってことはないから、これがこの人の素なんだろうな。

彼は軽く会釈しただけで包みを受け取り、キッチンがあるのか奥へ消えて行った。

姿を消しても存在感が残る気がするのは、彼にオーラがあるからか、自分が彼に惹かれているからなのか。

カッコイイというミーハーな感想だけじゃいけないんだけど、やっぱり外見ってのも人を形造るものだからそれにも心は惹かれる。仕事の打ち合わせに来た大人なのだからと自分に言い聞かせても、実用空間として今自分がいるこの家が彼の作品だと思うだけでそわそわしてしまう。

お茶を入れて戻った忍足さんは、黙ったまま俺の前に湯飲みを置いて向かい側に腰を下ろす。

そのお茶の出し方、ソファへの座り方でさえ、見る価値がある動作に思える。

…我ながら重症だな。

「え…と、あの、早速ですが吉田からどこまで話を…」

頭を切り替えて、ここからはちゃんと仕事の話。

「ああ、友人が建築家を探してるから話を聞いて欲しいってことだったが」

「仕事の内容は？」

「まだだ」

「では、説明させて戴《いただ》いてよろしいでしょうか」

忍足さんは黙って頷《うなず》いた。

これはOKということだろう。俺はカバンの中から例の土地の図面を取り出すとテーブルの上に広げた。

「実は、私今回こういう土地を任されまして。まだ明確に利用法はないのですが、テナントビル系を開発しようと思ってるんです。それで是非、忍足さんにそのビルの建築をお願いしたいと思いまして」

駅からの簡単な地図、周囲の町並みの写真。

そしてかいつまんで仕事のクライアントが老舗《しにせ》デパートの扇屋《おうぎや》であり、そこの副社長が新しい分野を考えていることを説明する。

「今申し上げました通り、まだ明確には決めていないんです。それは組む建築家を決めて、その人の得意分野を表せるようにしたいと思いまして。例えば、アミューズメント系が得意な人に一般家屋を依頼しても無理がありますでしょう?」

「じゃあもし俺が依頼を引き受けたら何を頼むつもりだ?」

あ、少し唇の端が上がった。興味を持って笑ってくれたのだろうか。

「詳しくは煮詰めないと何とも言えないんですが、一言で言えば『空間』を造って戴きたいと思います」

「『空間』?」

「はい。忍足さんの作品を幾つか拝見しました。どれもその建物がその場所にあって違和感を感じない、建物の中に入って生活する人間が広さを感じる、そんな作品だったと思います。ですから何て言うか…。この土地に忍足さんの造った建物があって、そこに人が集まる。そういうものを考えたいと思います」

言いたいことを言って、一区切りする。

何と言われるか、相手の反応を待つ。

忍足さんはじっとテーブルの上の資料を眺めた。それから顔を上げ、それらを手に取る代わりに深く背を椅子《いす》にもたせかけ俺を見た。

「俺がアメリカへ行くつもりだったってことは聞いてるか?」

「はい、吉田から」

「北条…さんは吉田と同じ年か?」

「呼び捨てでもいいですよ。そうです、ですからあなたより四つ下になります」

「畑山《はたけやま》ゼミじゃなかったと思うが、ウチの大学だろう。学部は?」

「あ、いいえ。俺は忍足さんの後輩ではないんです。吉田とは飲み仲間で、大学は別なんです」

「建築を学んでた?」

「…いいえ。独学です。大学の時は映画をやってました。でも実践は幾つもこなしてます。参考になるようでしたら自分の過去の仕事をファイルして持って来ましたがご覧になりますか?」

「見せてくれ」

石原《いしはら》さんにも見せた黒いファイルを彼に差し出す。

やっぱり忍足さんでも学歴を気にするのだろうか。建築を学んでいない人間と組みたくないと言われてしまうだろうか。それとも話の流れで聞いただけなのだろうか。

面接試験を受ける新卒の学生みたいにドキドキする。

考えなくてもいいことまで考えてしまう。

忍足さんはゆっくりと一枚一枚ファイルをめくり、ゆっくりとそれを読み込むと、何度か軽く頷いた。

「…いかがでしょうか」

おずおずと尋ねると、彼はファイルを閉じて今度ははっきりと頷いた。

「面白い、と思う」

「本当ですか？」

「ああ、コンセプトがハッキリしてるし、土地というものに対する着眼点もいい。映画をやってたというからそのせいなのかも知れないが、多角的に『場所』を捉えてると思う」

よかった、その一言だけでも今まで頑張って来た甲斐《かい》があったってものだ。

「若造だとか、思いませんか？」

「思わんな。俺だってまだ若造のつもりだ。若いから年寄りに出来ないことが出来ると思う。もっとも、年寄りにも若造に出来ないことが出来るんだがな」

強い語調。

口にする言葉は自分のちゃんとした考えから出るものなのだと言わんばかり。お世辞なんかじゃなく、彼は今自分を認めてくれたのだ。

「それではこのお話、考えていただけますでしょうか」

反応がいい、と思ってつい身体を前に乗り出して聞く。けれど彼は一瞬返事をせずに天井を睨《にら》んだ。

「…考えるだけなら考えてもいい」

「と、おっしゃると」

「これだけですぐに『やる』とは言えないな。『俺がやるとしたら』北条くんがどんなものを考えるか、それを聞いてから返事をしよう」

「聞いてから、ですか」

「当然だろう?　やると言ってからあんたの考えが自分の感性に合わないとわかるんじゃ遅いんだし。簡単なものでいい、大体の感じが摑《つか》めるものを出してくれ」

「…わかりました」

これがどんな無理難題だったとしても、俺はきっとそう答えただろう。

ずっと、ずっと、この人と仕事をしたいと思い続けて来た自分なのだから、ベーシックプランニングの先出し程度飲めない条件ではない。

「来週までに、アイディアを持ってまいります。ただし、あくまでもアイディアだけです。その点はご容赦下さい。細かい部分につきましては、是非忍足さんに考えて戴きたいと思っているものですから」

「コンセプトがハッキリすればこっちも触発されるだろうな。もっとも、触発されるようなアイディアだったら、だが」

「努力します」

「期待してるよ」

薄い唇が、笑みを作る。

その笑顔が嬉《うれ》しくて、つられるように自分もやっと笑えた。

仕事の話が一段落して彼も気を抜いたのか、ポケットから出したタバコをこっちへひょいっと持ち上げて見せ、喫煙の許可を取る。俺が黙って頷くと、遠慮なく吸い付けて白い煙を吐いた。

「吉田とはその後会ってるのか？」

声のトーンもやや和らいで掛けられる言葉。

「はい、実は事務所が隣なんです」

話題も気を張るようなものではなくなるから、やっと肩の力も抜ける。

「付き合いは長いんだろう？」

「え？　ええ、大学の時からですから。実は、学生時代吉田にくっついてそちらの大学にもぐりこんだことがあるんですよ。その時初めて忍足さんの作品を拝見したんです。とても素晴らしい作品でした」

一応持ち上げるつもりの発言だったのだが、相手は何の反応も示さなかった。本当に表情の読みにくいと言うか、無表情な人なんだ。

「吉田も、忍足さんを尊敬してるんですよ。二人でいつも話してるんです」

と言っても、あまり嬉しそうではない。

でもいいや。彼が無愛想でも、無口でも、俺はやっと自分の夢の一歩を踏み出したのだ。ここからは自分の力でどこまで彼に近づけるか、だ。

「…すぐ帰るのも何だろう。よかったら昔の図面とか見るかい」

「はい！」

手が届くところに彼がいて、自分に向かって言葉をくれるこの現実がいつまでも続くように、頑張るだけなのだ。


その場所は、最近ちょっと雑誌なんかでも『上品な奥様の多い街』だの、『小さくて洒落《しゃれ》た店が見つけられる街』だのと取り上げられるようになった私鉄沿線の空《あ》き地だった。

近年建て替えられたばかりの白い駅舎から大きな道沿いに五分。大きいと言ってもバスが通るような道ではないし、幹線道路に抜ける道というわけでもないから車の量は少ない。

歩いてみると、道は大きな公園に繋《つな》がっていて、そこで行き止まりだった。公園の向こうは何かの公共施設らしく、開発される予定はなさそうだ。

印象としては新興住宅地。

細い横道にはまだ古い家も多いが、既に新しい勢力の方が強い。そして新しい建物はみな洒落た感じで、店も個人店舗の凝った造りのものが多かった。

ここに住む者はきっと自分がここに住んでいることをちょっとは自慢したいと思っているに違いない。

通行調査をしてみると、昼間は学生と若い奥さん連中、夜は若いサラリーマンがメインだった。

これではスーパーのような量販店は止めた方がいいだろう。むしろ住人のお洒落心をくすぐるようなものがいい。

静かな街だから、ゲーム系列のアミューズメントプレイスも避けた方がいいだろう。石原さんは『いい結果』を望んでいる。それは金だけでなく、イメージも含んでのことだろうから。

三日間、朝から晩までその街で過ごし、どんな人種が一番この街の金の流れを握っているのか、何が求められているのかを考えた。

「やっぱり、『センス』だよな」

忍足さんにアイディアを報告しに行くまでそんなに日がない。

本来ならもっと時間をかけたいところだが、時間よりも彼が欲しい。忍足さんの特性を生かして、なおかつ自分の成功も摑みたい。

でも自分の欲望に忠実なのは悪いことじゃないよな。

「…欲張りかな」

結局、俺が出した答えはファッション・ビルということになった。商業ビルってことだ。それも派手ではなく、威張ることなく、町並みに溶け込めるような建物。

概案が決まったら今度はコンセプトの絞り込み。アパートへ戻らず、薄い布団一枚持ち込んでオフィスへ泊まり込み。似たような街で成功している同系列のビルのデータを引き出し、更にそれらにはない特性を考える。

吉田が彼自身の仕事で出掛けるから事務所を空《あ》けると途中で顔を出したが、それすらおざなりに受け流した。

基本設計、実施設計、設計、監理、施工、宣伝、それらに関わる人件費。石原さんが提示してくれる額がいくらだかまだ聞いてはいないが、もしこちらが予定した額を下回った場合にはどこからか金を捻出しなければならない。

忍足さんに仕事をさせるのに、『金がないからそれは出来ません』というセリフを言いたくない。

となると石原氏のメンツを潰《つぶ》さずに万が一の金策ルートも考えたい。

大好きな忍足さんと組める、という気持ちだけで舞い上がってるワケにはいかないのだ。彼とのシアワセな時間を勝ち取るためには、まず働かないと。

あの後見せられた設計図の数々。

あれらよりもっと自由に、もっといいものを造らせたい。

まだ組むことすら決まっていないのに、自分が彼と組んだ人間の中で一番だと思われたいなんて考えてるおこがましい自分。

気が付けば、クライアントである石原さんよりも忍足さんをメインに考えながら企画を書いては消し、消しては書き日々を過ごしていた。

飲み会のお誘いも全てキャンセル。

仕事は嫌いじゃない。

どっちかっていうと、なんていうより、絶対に好きだと思う。

俺は自分が生きるために金を稼ぐのなら二種類の選択肢しか認めていない。つまり、好きなことをして金を稼ぐか、好きなことをするために何でもいいから金を稼ぐか。

子供の頃からの『何かを残す仕事につきたい』という夢を実現しているのだから、俺は多分前者だろう。

酒も遊びも何もかも、仕事のためになら我慢出来るもんなんだとこの一週間で実感した。あらゆるお楽しみと比べて仕事が勝ってるんだ、と我ながら極めて日本人的なワーカホリックである自覚もした。

それともこれが忍足効果なのだろうか。

あの人が相手ってだけではりきってるんだろうか。

…だからはりきってるんだろうな。

この気持ちは、ホモセクシャルな恋愛感情に似ていると、ちょっとは自覚していた。

もし彼がもっと年寄りのじいさんでも、脂ぎった中年でも、結構俺は彼を好きでいたと思う。作品を通して彼の内面を好きになったつもりだから、その部分が間違っていたと思わない限り彼を好きだと思う。でもマズイことに彼は年寄りでもなければ、見るに堪えない部類の人間じゃなく若くてハンサムなのだから、余計いいなぁと思ってしまうのだ。

そうなると、世間での流行ってこともあって考えちゃうんだよな。

性的にはノーマルで、女の子のパンチラに心をときめかせてもいたのだけれど、それ以上に彼との対面では興奮していた。

それは男である忍足さんに抱く気持ちが女へのそれと違うからなのか、それともそれ以上だからなのか、答えを出すのが怖い気さえした。

「忍足さんが好きなんです」

という言葉は、口にすると何て恥ずかしい言葉なのだろう。

憧れてますとか、尊敬してますなんてのはいくらでも言えるのに『好き』という言葉は、たった二文字なのに、何か色々詰まってて気恥ずかしい。

でも『好きです』という言葉が、今の自分に一番正直な気持ちな気がする。

だから、俺は仕事をするのだ。

言葉では言えないが、仕事の中に『あなたの才能を生かして、自分と一緒になって何かを残して欲しくて、何でもしてあげたいって気分なんです』という気持ちを込める。

好きな人と好きな仕事をするために。

そんなふうにゴチャゴチャといることもいらないことも考えながら、草案をまとめ、再び忍足氏の家を訪ねたのはキッカリあの日から一週間後の夕方だった。


「ビルです」

あの日と同じソファであの日と同じように向かい合って座りながら、俺は口を開いた。

「街はまだ未開発で、ようやく『洒落た』って言葉を意識しながら住人のプライドが固まりつつある場所です」

昼間は窓一杯に差し込む外光がフロアを広く開放的に見せていたが、夜はまた少し違う。

「ですから、そのままその意識を生かしたいと思っています」

大きな窓の向こうは坪庭を挟んでそそり立つコンクリの壁。街灯の光も隣家の明かりも入って来ない。木目調のブルーグレイのブラインドがなくても、その面は真っ暗。

なのに天井から下がるライトは淡く、まるでソファの辺りだけを照らすピンスポットのように光の円を作っている。

集中したい時には明かりは一つで、周囲の雑多なものが目に入らない方がいいと言ってたのはロシアの文豪だったろうか？　それを実践しているようだ。

無表情な忍足さんと俺だけを暗闇から切り離す光のせいで、仕切りもないのに個室で向かい合っている気分だ。

「ここには若者向けのＤＣブランドと最近の流行である特色の強い個人商店を入れるつもりです。つまり、一階の目立つ場所には有名な店舗を入れ高級感を出す。二階以上の、人が足を運びにくい場所には、ボタン屋や、ビーズアクセサリーの店や古着屋など、見ているだけで楽しめるゴチャゴチャとした店舗を入れる。そしてここが特に忍足さんに考えて戴きたいところなのですが、建物の中に中庭を作って戴きたいんです」

話題が仕事の核心に触れることだから、先日の緊張も何とかごまかせるほどに落ち着いた。

「中庭?」

「そうです。新しい街とはいえ、もちろんまだ古くからの住人も多くいますし、その多くはご多分に漏れず年齢層が高い。そういう人達にはブランドショップも個人商店も敷居が高いことでしょう。となると、建物自体が彼等から浮いてしまいます。クライアントが扇屋デパートということを考えると若者だけというのもあまり歓迎出来ないと思います」

「デパートってやつは一般的なショップだからな」

「ええ。ですから彼等が建物の中に入って来やすいようにフリーなイメージの強い広場みたいな中庭を作って欲しいんです」

「ふん、オープンスペースってヤツだな」

「立体的な空間にこだわり、町並みからはずれない建物を造り、外光を巧みに利用する忍足さんならではの企画です。それに金銭面でも、かなり融通をきかせることが出来ると思います。いかがでしょうか」

自信はあった。

彼をよく知る自分だからこそ立てた計画だと言い切れる自信があった。

忍足さんは俺の書いた草案の原稿に黙って目を通していた。

説明だけでわかりづらかった部分を補足するためだろう。一枚一枚じっくりと読み込み、長い指がページをめくる音だけが暫《しばら》く部屋に響いていた。

「外観は?」

やっと開いた口はまだ返事ではない。

「特に指定はありませんが、モダン・シックがいいかと思います」

しつこいってことは真面目ってことだから嫌じゃないが、焦《じ》らされてるみたいだ。

「入る店舗の予定は?」

「まだ特定はしていません。ですがいいところを引っ張って来る自信はあります」

「随分な自信だな」

「自信がない時にはちゃんとそう言いますよ、嘘をつくほど度胸はない。ですからこれは本当に自信があるってことです」

そう、まだ石原さんに相談してからだから口には出せないが、飲み仲間のツテで幾つか当たりは付けてある。

「コストプランニングは?」

「今言った通り、忍足さんの自由にお任せ出来ます。正直、扇屋の用意する額以上のものも」

「どうやって? 北条が金持ちのボンボンってことかい?」

「まさか。俺ん家は普通のサラリーマンですよ。ただ、地元の地方銀行、信用金庫などから出資を頼む方法がありますよ」

「簡単に行くかな。扇屋にはメインバンクがあるんだろう」

「金融取引ではなく、その中庭の使用許可を交換条件にします。地方銀行は地域密着型ですからイベントを催すことが多いでしょう。大抵は銀行のロビーか駐車場を使います。それがお洒落なビルで出来るとなれば魅力はあるでしょう。まあ額に限度はありますが。また扇屋としても地域に密着した金融機関に手を貸すことはプラスになると思います。扇屋のメインバンクにとってはとるに足らない小さな銀行であれば問題もない」

「…色々考えたな」

「考えて来いと言われましたから」

そしてまた沈黙。

最後まで見終わった筈《はず》のファイルをまた最初からめくる紙の音。

何が気に入らないんだろう。これ以上はないってほど考えたのに。

「もし他に何か要望がありましたら何でもおっしゃって下さい。何でもお応えする用意はあります」

真摯《しんし》な言葉なのに、彼は唇を歪《ゆが》めて揶揄《やゆ》するように笑った。

「『何でも』ねえ。言うだけはな」

「どういう意味です」

「前にもそういうことを言われたが、口にしたらそこまでだった。こう言っちゃ悪いとは思うが、『何でも』なんて軽々しく口にしない方がいいと思うぜ」

「他の連中のことは知りません。でも俺は口にしたことは曲げません。もし俺に出来ないことだったら、出来るようになるまで待って下さいと言うだけです」

「出来るようになるまで、な。じゃあ…」

彼は手にしていたファイルをテーブルの上に置くと、猫背のまま前に身体を倒して来た。長い指はファイルの紙から、ばらけて顔に落ちる髪に移る。指で梳《す》くように額の前髪を掻き上げて、軽く首を振る。

「もし俺が望むものをくれなければ仕事を受けないと言ったらどうする」

挑むような口調だが、意味がわからない。

「望むもの、ですか？　報酬とは別にですか？」

「報酬は扇屋からもらうさ。設計図は奴等のために引くんだから。だがお前と組む報酬はお前から貰《もら》いたいって言ってるのさ」

「…報酬…。金をくれってことですか？」

「金はいらない。別に金の亡者ってワケじゃないからな」

「では何が？」

忍足さんは少しだけ近づいた顔をふいっと上げて正面から俺を見た。

「そうだな。北条くんとの仕事なんだから、北条くんを貰おうか」

「…俺、ですか？」

「ああ」

ふいに立ち上がる長身のシルエット。

舞台の上の俳優のように光が彼の背後から降る。そのせいで余計表情がわからなくて、彼がジョークを言っているのか、本気の話をしているのかがわからない。

声のイントネーションは平坦。

動きもない。

「アメリカへ行くのは遊びじゃなく、オゴーマン氏の講義を受けに行くつもりだった。アメリカ美術史を教えてる教授だ。それを諦めて日本に残るからにはそれと同等の魅力が欲しいってことさ」

彼の言ってることは傲慢《ごうまん》だ。

「生きがよくてセンスもいい。顔も奇麗だし、身体もゼイ肉のない見られる身体をしてる」

不自然で、厭味《いやみ》で、乱暴な申し出だ。

「だから、相手をしてくれるなら『やる』と明確な返事をしてもいい」

仕事を断りたいから、そんな誰もが怯《ひる》みそうなことを言い出しているのだろうか。

本当に誰か『相手』を世話すればやってもいいと思ってるのか。

いや、俺を求めるその意味がどんな意味なのかもわからないじゃないか。家政婦のようにコキ使うって意味かも知れないじゃないか。でなければ俺の仕事が気に入ってくれて他の仕事でも仲介で使おうと思っているとか。

その方が考えとして普通だろう。

なのにどうして一番に自分は『そういうこと』を思い浮かべてしまったのか。そして普通のことを考えた途端、ほっとすると同時にちょっと残念なんてコトバが頭の中を過《よぎ》ったのか。

「相手、というとどんな仕事をすればいいんでしょうか。やっぱりまだ得手、不得手がありますから公共機関系は…」

「何トボケたこと言ってんの」

忍足さんは、一歩でテーブルを回り俺のすぐ横に立った。

「それともワカンナイほどガキだったのか?」

見上げるなんて変な角度から見ているせいだろうか。人を小ばかにしたような、安心したような、よくわからない笑み。

　では、言葉の意味は俺が誤解した通りのことなのか？

「からかって…らっしゃるのでなければわかったかと思います」

「からかってなんかいない」

「じゃあわかります」

「それで？」

「『それで』？」

「返事は」

　唐突な要求。

　どんなに些細《ささい》なものであれ、その唇に笑みが残っているということは、逃げ道があるということ。ジョークだとか、お子様だとか、そんな言い訳を口にしても許される最後の余地だと受け取れる。

　意味が『ワカンナイほどガキ』ではない頭が、本当に彼が自分を性欲の対象としようとしている、そういう意味で『相手』という言葉を使っている、と理解する。

　もちろん、男なんか相手にしたことはないし、きっと一生しないだろうと思っていた。

　彼に恋い焦がれていても、どれだけ真剣に後を追っても、それが身体に繋がることなど考えもしなかった。

なのにどうして、俺は即座に『悪い冗談はやめて下さい』と言わないのだろう。『では誰かそういう筋の人間を連れて来ます』と言わないのだろう。

彼と仕事がしたいから？

彼と組むことが夢だったから？

『イエス』と言わないと、そのチャンスが消えるから？

「…俺なんかが『相手』で確約が戴けるなら」

違う。

そんなものは一瞬掠《かす》めるだけの偽善的な理由でしかない。本当の気持ちはもっと別なものだ。

好意と好奇心。

それと、自分でも理解出来ない複雑な感情がないまぜになって口を動かしてるのだ。

忍足さんは自分から言い出したというのに少し驚いた顔をしていた。けれど目が合うと、そんな表情も消える。

「そんなに俺と仕事がしたいんだ？」

「したいです」

彼が危険な男だとわかりはじめてる。

でも同時にそのことにゾクゾクしはじめている。

忍足さんが望むことは、別に死ぬほどのことでもない。自分にとっては怖いことでさえもない。ただ未知なだけで、嫌悪感を感じることもない。

「そいつはいい度胸だ」

何故か軽い目眩《めまい》を感じながら、俺はにっこりと微笑《ほほえ》んだ。

「真剣ですから」

その気持ちが『何に対して』なのかとは言わずに。


目隠しのドアの向こう、上へ伸びる階段を彼の背中を見て上る。

連れて行かれた二階は、彼のプライベートルームなのだろう。階下ほどの開放感はなく、廊下には普通にドアが並びホントにただの家って感じだった。

ここには、何人の人間が通されたのだろう。

自分は何番目なのだろう。

そんな余裕のあることを考える暇なんてない筈なのに、呑気《のんき》な自分。

「新しいんですね。この家」

寝室のドアを開けようとする忍足さんに声を掛ける。

「二年だ」

振り向かない背中の短い言葉。

「やっぱりご自分で？」

「ああ」

話なんかどうでもいいのに口が動くのは、緊張している証拠。

「入れ」

何かしていないと、何か考えていないと、どうにかなってしまいそうだから。

「失礼します」

これから『スル』ことを考えると随分と間抜けなセリフで中へ続く。

その部屋は、彼の寝室だった。

床はフローリングだが、壁や天井は外観と同じ剝《む》き出しのコンクリート。その中に、大きな白いベッドと大きな観葉植物があるだけ。ベッドサイドの灰皿を載せたテーブルだけが家具らしい家具と言えるものだろう。

他には何もない。本棚もデスクも、クローゼットもない。シンプルに眠ることだけ考える空間だ。

明かりは、天井に大きな照明があったが、彼の指が入れたスイッチは壁面のものだけだった。丁度料理のステンレスのボウルを張り付けたような間接照明が、闇から溶け出したような淡いブルーの光を零《こぼ》すだけの暗い部屋。

無味乾燥に見える分、彼が本当に何も考えずに『眠り』という休息を取るためにこの部屋を作ったのだと言っているようだった。

それは取りも直さず、ここが彼の素の部分に一番近い場所だと言うことだ。そしてそこへ、今自分は立っているのだ。

「シャワーは？　浴びるか？」

こういう時、どうすればいいんだろう。

やっぱり一応入った方がいいんだろうな。

「ええ」

「じゃあ先に入って来い」

「あの、どこに…」

指さす先に小さな白いドア。薄暗いから気づかなかった。

「じゃあ、あの、先に…」

ドアの向こうは小さな洗面台とシャワーだけの小さなバスルーム。でももちろんユニットなんかじゃない。壁は白いタイル、洗面所とバスルームの間はガラスの仕切り。その透明さが二つの空間を合わせて広く見せている。

無造作に見えながら、全てが計算されているんだ。

不思議なことに、最初の日、ここを訪れたほどの緊張はなかった。もちろん緊張してることはしているが、心臓が口から飛び出そうってことはない。

どちらかと言うと不安のが大きいから、緊張している間がないのかも。

服を脱ぎ、少し熱めのシャワーを浴びる。熱い湯を浴びると、火照《ほて》る身体とは反対に、意識はどんどん冷めてゆく。

自分がこれからしようとすることがどんなことなのか、現実味を帯びて来る。

「ばか…かな?」

でも後戻りする気はさらさらなかった。

ざっと汗を流すだけにしてすぐに戻る部屋。タバコの匂いの中、俺を見た忍足さんは入れ違いにドアの中へ消えた。

時間をごまかすテレビもないから、仕方なく自分もゴソゴソとタバコを吸い付ける。薄闇の中を、白い煙が流れて行った。

遠く聞こえる水音が何か妙な感じだ。

自分は今から男に抱かれるのだ。

元々自分の中にそういう願望があって、こうなったらいいな、という夢を見ているだけなんじゃなく、現実にあの腕に身を任そうとしてるのだ。

吸いなれないタバコは、舌にニコチンの苦みが残って不味《まず》かった。

長いようで短い待ち時間の後、裸の腰にタオルを一枚巻き付けた忍足さんが戻る。そうか、すぐ脱ぐんだから俺もきっちり着込み直さなければよかった。

「初めてか」

彼は濡れた髪を後ろに撫《な》でつけながら聞いた。

男とは初めてだがセックスは初めてではない。だからちょっと考えて首を横に振った。

「じゃあ優しくする必要はないな。自分で脱げよ」

その方がいい。

あの手で剝がれたら、それだけで頭がどうにかなりそうだ。

ベッドの向こう側へ回り、シャツのボタンを外す。

無言の中、きぬ擦れの音が響く。

俺がトロくて待ち切れないのか、背後でライターの音が聞こえ、また強くタバコが匂った。

続いて聞こえるスプリングの軋《きし》む音で、見ていなくても彼の行動がわかる。自分を待っているのだ。

下着とシャツを一枚前を開けて羽織った格好で振り向くと、彼はむこうを向いて長く煙を吐いていた。

「いいですよ」

というのも変なセリフだ。

だがそれを合図に、彼はまだ長く残るタバコをねじ消し、こっちを向いた。

下を向いていることが多い人だから気がつかなかったが、結構睫毛《まつげ》が長いんだ。下から切れ上がる鋭い目は、何故か咎《とが》めるように強く俺を見ていた。

「じゃあ、代価を受け取るか」

同じようにベッドに腰を下ろすと、少ししっとりとした手が首に伸びて耳の下からうなじへ回った。力で引き寄せられ硬いスプリングの上に倒れる。

不思議——。

感覚は、まるで海の底に落ちてゆく泳げない魚の気分。

青くて暗い部屋だから?

不安定なベッドの上だから?

濃密で、冷たく気持ち良くて、どこまでも行けてしまいそう。自由を奪われている気もするが、このまま底まで沈んで溶け落ちてもいいと思う。そんな感じ。

自分の生きた証しを欲しがるように物を残す仕事を選び、何とはなしに映画をやっていた。

縁日でよくある、紐《ひも》を一杯束ねて、その中の一本を引くと賞品が決まるというゲームがある。それみたいに、『映画』っていう紐を握って立っていた。その時、まるでこれが当たりだと言うように、忍足さんがこの世界を俺に引き当てさせたのだ。

人を好きで、建築家だって彼以外に好きな人は一杯いる。マイケル・グレイヴスとか安藤忠《あんどうただ》雄《お》とか本当に沢山。けれどやっぱり俺の手の中にはこの人の紐が残る。

こうして身体を重ねることもそう。

今、自分の身体の上に感じる重みは、やっぱり忍足拓馬なのだ。

俺は人生の選択で、いつもこの人を引いてる気がする。

少なくとも、今までそれは誤った選択ではなかった。では、今のこの選択も間違いではないんじゃないだろうか。

彼の唇が、首に触れた。

反応するように回した腕が、直に彼の腰に触れる。

巻いていた筈のタオルはもうどこにもなかった。

自分も、下着を取ってベッドの外へ落とす。何故か、シャツは脱ぐ気がしなかった。

多分、自分が男として素っ裸よりそっちの方が色気があると思う感覚があるからだろう。こんな骨っぽい男の身体で色気も何もありはしないのに。

唇を合わせるキスはしなかった。

けれど首も、肩も、胸にも、口づけの跡は残された。

二次元の紙の上にラインの楼閣を構築する指が、肌を滑る。

形を捉《とら》えて何かに移そうとしているみたいにくまなく触れる。

骨格通りに流れる指先は、脇腹からすいっと内側に入り、ソコで止まった。

「…やっぱりちゃんと反応してるんだ」

「男ですから」

何がやっぱりなのかはわからないが、とりあえずそう答えた。

こういう時、女だったらマグロでも許されるのかも知れないが、男ではどうなんだろう。味わって楽しい身体を持ってるワケではないのだから、少しは奉仕するべきなのだろうか。それとも、こんなゴツゴツした手で触られる方が萎《な》えるだろうか。

でも彼は『男』のが好きなワケだし。

「う…」

考えている間に相手の手が俺を刺激するから、それを真似て俺もやり返した。

日常の中、いつも音が溢《あふ》れているのに、ここは静かだ。

防音が効いているのか、風の音も、車の音も届かない。ましてやラジオやCDやテレビなんぞはないから、ただ吐息ときぬ擦れの音ばかり。

知らなかった。

そういう方が却《かえ》って興奮するものなんだ。

頬《ほお》が、紅潮して来る。

呼吸が速くなる。

意識は冴えているのに、思考はボンヤリとして来た。

身体中を撫で回されて感覚は昂《たか》まってゆく。

そろそろ達《い》くかと思う頃、忍足さんが俺の手を取って指を口元に運んだ。

濡れた舌が指先を嘗《な》め口に銜《くわ》える。

「ん…」

「吉田は暫《しばら》く忙しかったのか」

何故今彼の話が出るのかわからなかったが、声を出すことで朦朧《もうろう》とした意識を引き戻せる気がして、俺は答えた。

「ええ…、暫くは会ってなかったです。これからも何か別の仕事があるって…」

「ふぅん…」

気のない返事。

興味がないなら何故聞いたのだろう。

だがそれはもしかして俺の気を逸《そ》らすためだったのかも知れない。質問をしたすぐ後に、彼の視線は顔から俺の下半身に移ったのだから。

「あ…」

恥じらって閉じようとした脚を遮って指が後ろから差し込まれようとする。

「む…りです」

「いいから膝《ひざ》を曲げろ」

「無理です」

「今更だろ」

拒むというわけじゃないが、入りはしないとわかっているからそう言ったのに、彼は強引に指をねじ込んで来た。

「い…たっ…!」

奇妙な感覚。入り口の痛みの奥で、別のものが刺激されるような。

男同士ならその後に更に続く行為があるのだろうが、経験不足な自分ではそれで終わりだっ

た。

「…あ…っ」

彼の腹を濡《ぬ》らす自分の雫《しずく》に羞恥《しゅうち》が上る。

「すいません、先に…」

「いいさ。慣れてない方が楽しい。暫く使ってなけりゃこんなもんだろう。だが俺はまだだから、もう少し付き合ってもらうがな」

「暫くって…?」

差し込まれたままの指が蠢《うごめ》くから、俺はその後を続けることが出来なかった。

「んん…っ」

背《そ》を反らせシーツを握る。

忍足さんは、片手でベッドサイドのテーブルからティッシュを取ると自分の腹を拭《ふ》きながらも、指だけは休めなかった。

「だ…め…。あ…」

少しの動きでも自分には十分な刺激だ。萎えたばかりの俺のモノにも、すぐに熱が溜まってしまう。自分が好意を寄せている相手に痴態を見られていると思うから余計に過敏になるのだろう。

それを確認してから、彼はやっと指を抜いた。

「…反応がいいな」

それはまるで取引の方が理由で、自分が彼に惹かれているからこうしているのだということを言い当てられたようで、声を失った。

「まあいいさ」

再び感じる彼の重み。

肌に直接感じる忍足さんの体温。

「今夜は『俺が』、楽しませてもらうんだから」

甘く苦い熱の始まり。

「そろそろ、『俺の』も受け入れてもらおうか」

指が入れられた場所に当たるもっと熱く硬いもの。

「ん…っ」

長い、夜だった。

それは狂おしいほど静かな、長い長い夜の始まりだった。

翌日、けだるさの中で目覚めた俺は、ベッドの中でたった一人でいることに気づいた。

隣には誰もいない。それどころか部屋の中にも彼はいない。

何時《いっ》出て行ったのだろう。気配も感じなかった。

疲れて熟睡していたのか、それとも俺を起こさないように彼が気を遣ってそっと出て行ったのだろうか。

とりあえず、いつまでも他人のベッドに一人寝こけているわけにもいかないから、勝手にシャワーを使って身体を洗い流し、自分の昨夜の感覚が夢ではなかった証しを全身に見つけながら服を着替える。

ちゃんと畳んでおかなかった服には少し皺《しわ》が寄っていた。

「忍足《おしだり》さん…?」

二階の部屋を一つずつ見て回ったが、彼の姿はなかった。続いて階段を降り、下のフロアも覗《のぞ》いてみたが、そこにも忍足さんはいない。

ただ打ち合わせをしたテーブルの上に一枚の紙とカギが載っているだけ。

俺はテーブルに歩み寄るとその二つを手に取った。

「『仕事は引き受けた、こちらの下図が出来次第また連絡する。カギは後日打ち合わせの際に返却してくれ』…か」

事務的な文章だ。

そして空《から》っぽな家だ。

主が消えてしまったから、この家から温かさが消えている。

建物は、本当に人がいて初めて『建物』として機能するものなのだと思う。彼と出会うために訪れた時には、この広さが開放的で美しいと思ったのに、忍足さんがいなくなると、単なる閑散とした虚《うつ》ろな箱としか思えない。

貧乏性だとは思うが、俺はもう一度二階へ上がった。自分の後始末をするために。

シーツを剝《は》がし、洗濯機にほうり込んで、干すところまでしてから、その家を出た。

誰もいない家にいるのが寂しかったし、空腹を感じていたから。

外は昨日と何も変わらない穏やかな街。

時計を見ると、時間は十二時を回ったばかりだった。

涙が込み上げて来るような切なさが、胸に去来する。

これで良かったのだろうかという疑問が湧き上がる。

自分は彼と仕事がしたくて、彼を好きだと思う気持ちがあって受け入れた要求だったけれど、相手はそれをどう思っただろう。仕事のために身体を差し出すような下種《げす》な人間と思ったのではないだろうか。そんな不安も頭をもたげる。

目覚めた時に会えていれば、そのことについて言い訳も話し合いも出来ただろうが、一度ブランクが空《あ》いた後では何も言うことなど出来ない。

後悔はしない。

俺は自分の心の中で繰り返した。

後悔はしない。

選択の結果を誰にも委《ゆだ》ねない。

もしこれが歓迎されざる結果を招いても、あの時『イエス』と答えたのは自分なのだから。

太陽に照らされて明るい街の中、一人で疲れた身体を引きずることも。自分の気持ちを絶対に相手がわかってないであろうことも。全て自分が選んだことだから、何一つ悔やんだりはしない。

「OK…、取ったんだから書類作らないとな…」

こうなって初めて気づいた。

「それと、石原《いしはら》さんに電話して、建築家が決まったって言って…」

自分が彼に抱いていた感情が『恋に似ている』のではなく、どうやら『恋』そのものなんだって。

「その前にメシだな、メシ。駅前にラーメン屋くらいはあるだろーから、まずそこで一服して、人心地ついたらオフィス戻って…」

会って、話をしたこともなかった。

ジョークを言って笑い合ったり、好きなことや嫌いなことについてディスカッションしたりなんて、これからもないかも知れない。

でも、こういうのもあるんだ。

あの、奇麗なラインを見てから、ずっと俺は忍足さんに焦がれていた。

彼というオブジェを遠く、あらゆる角度から見て、絶対の自信を持って彼を捉《とら》えていた。

そうして長い間かけて温めてた気持ちがあるから、実物を見てすぐに恋に落ちたのだ。

抑揚のない声も、無表情に整った面差しも、胸に刻まれて消えることはない。

これが、自覚してすぐに終わった恋だとしても、俺は泣かない。

「…後悔はしない」

声に出して言うと、悲壮なカンジがして笑ってしまう。

「後悔しない」

自分の夢は残るものを造ること、アコガレの忍足拓馬と組んで仕事をすること。それが今叶うんだから、悲壮なことなんて少しもないのに。

そう、前途洋々だ。

受けた仕事は大きいし、好きな人とはベッドイン。今日はワリとシアワセな日じゃないか。

だから、人気《ひとけ》のない駅前の寂れたラーメン屋に入る時には、俺は鼻歌を歌っていた。

『Night《ナイト》 and《アンド》 Day《デイ》』という古い歌を。

…昼も夜も、あなた一人。歌詞は最初のその一フレーズしか覚えていない、古い映画の主題歌を…。


自分の『恋』について、考えることはその一日だけしかなかった。

ある意味幸いなことに、翌日からは忙しくてそんなプライベートに浸る暇なんぞ見つけることも出来なかったからだ。

まず、忍足さんのOKを取ったことを石原さんに報告して、自分のプランをプレゼンテーションをしなければならない。

忍足さんが取れたという喜びもあって、俺は早速全てのファイルを持って石原さんの会社を訪ねた。

彼の判断一つで全てが一からやり直しということもある。

慎重に言葉を選び、彼が興味を持つように話をすすめなければと、細心の注意を払って行ったプレゼンは、悪くない手応えだった。

　このプランなら扇屋《おうぎや》のプラスにもなるだろうという言葉に、彼はまさにそれは自分が考えていたことだと手放しで喜んでくれた。

　企画の草案報告が忍足さんよりも後回しになってしまったのは、彼がコンセプトがハッキリしないと話を聞かないと言ったので、つい優先にせざるを得なかったのだということもこの時に報告した。

　少しは不快な顔をされるかと心配していたのだが、これも彼は穏やかな笑顔を浮かべただけだった。

「それでは仕方がないですね。建築家の内定を取り付けてから私に報告した方がスムースに行くと思ったんでしょう?」

　気難しい坊ちゃんじゃなくてよかった。

「やはり専門家に先に話を通した方がいいんでしょうね。私は素人《しろうと》だから話もわからないし、そういうのは後でもいいですよ。ただし、これからの事務は優先して下さいね」

「もちろんです。それに忍足拓馬《たくま》氏はまだ若いですが一流の建築家だと思います。彼が建てたビルというだけでもきっといい評価が得られると思いますよ」

　副社長室の豪華なソファで力説する俺を、彼は笑った。

「随分な入れ込みようですね」

「事実ですから。参考までに過去彼が手掛けたものの写真を何点かお持ちしましたので後でご覧下さい」

「あずかりましょう」

設計図が出来ていないから、まだ詳しくは説明出来ないがと前置きしてコミュニケーション・センターとしての付加価値のあるビルという構想も、彼は納得してくれた。

「利益優先ではなく、人が集まることを優先するというわけですね」

「そうです。この流通の発達した時代では、品揃えで特性を出すよりも、場所としての独立性が必要だと思うんです」

「ここで売っていた、というだけで価値が出るわけだ」

「そうです」

石原氏は深く頷《うなず》いた。

「面白い。いい案です、北条《ほうじょう》さん」

そして俺を見てにっこりと笑った。

「やはりあなたに依頼してよかった。このまますぐに進行して戴《いただ》きましょう」

「GOサインと受け取ってよろしいですか？」

「もちろんです」

「よかった」

「どうです。この後、お時間が空《あ》いてるようだったら一緒に食事でも」

「いいですね、では前祝いってカタチで」

差し出された手を握って握手を交わす。

そうと決まれば仕事は更に増える。

彼の下へ日参しては、建築の施工会社を決め、資材の調達ルートを決め、金策の話をする。

万が一を考えて立てた俺の地方銀行との提携は、石原氏の太っ腹な金額を聞いて不要のものになったのも、ありがたいことだった。

「報告さえちゃんとして下されればね」

という言葉に、あまり興味がないのかと思いもしたが、俺を信じての言葉と受け取ることにした。

忍足さんとも、あの日から一週間もしない間にもう一度会うことになった。

ただし、石原氏との顔合わせの席でのことだ。

間を取っている以上同席するのはやむを得ず、少し緊張しながら出席した。といっても話すことは仕事のことだけ。

カギもその時に返すことにした。もちろん、合鍵なんて作らずに。

クライアントと会うからか、その時の忍足さんは俺と会ってたのとは違う服装も髪も整えたパリッとした格好。

だが、それもまた目を奪われる。

相変わらずの無表情で、短いセンテンスでしか話さない彼を、石原さんは職人のようだと笑ったが、彼は黙って肩を上げただけだった。

仕事について話す引き締まった横顔。

この横顔が、きっと自分の好きな忍足さんの姿なのだろう。

終わりにしようと思っていたのに、もう一度自分の感情が再燃するほどの内面の強さが表れた、作り手としての真剣な姿が。

けれど、それを口にすることはない。動き出す仕事という大きな歯車の中で、『俺のこと、どう思ってます』なんて陳腐なセリフは必要ないものなのだ。

別れ際、彼は俺に『さようなら』とも言わなかった。

ただ軽く会釈をくれただけだった。

色んなことを考えたくないから、無意識のうちに仕事に逃げる日々。

ありがたいことに、建築プロデューサーなんて言うと聞こえはいいが、仕事の殆どは地味で雑務みたいなことばかり。無理に探さなくても、時間を潰《つぶ》すことは山ほどあった。

建造物が大きければ、周囲の住人の説得も必要となる。

コツコツとあの街に通い、整地が始まる頃には周辺に『ここに出来るのはいかがわしい類いのものではありません。街を活性化させるファッション・ビルが建つんです』と言って回る。

法律や役所の条例を調べて忍足さんに報告しながら、一方で夜の街に繰り出すことも始めた。

理由はビルが建った後の店舗入居者探しだ。

営業としてスーツを着て、これはと思う店に一軒一軒入って行って『ウチの新ビルに支店をお出しになりませんか』というのは会社のやり方だ。

俺はそういうものよりも、繋《つな》がりから客を見つけることにしている。

その方が多少の融通がきくということもあるが、何より自分が知っている人間のために働くという方がやる気が出るから。もちろん、そういうところで知り合えなさそうな店に関しては、ちゃんとスーツを着た営業も行った。

日中はオフィスで働き、夜は飲み屋で働く、といった感じだ。

月が変わった頃、忍足さんの第一稿が上がったという電話を受けた。

「一番に見たいんだろ」

という一言に、俺は舞い上がりそうだった。

簡単に、この人は俺を変える。

それはいつも彼自身の意図したことではないにしろ。

「すぐ伺います」

電話を切って、すぐに俺は彼の家へ駆けつけた。

あのテーブルの上にはB全の紙が何枚か広げられており、そこには憧れ続けたあのラインが描かれていた。

「奇麗ですね…」

やっぱり、といつも思う。

「奇麗?」

この人に関して、自分が間違ったことはない。

「ええ、ラインが。曲線を多用してるからかなぁ」

思ってたことと違うなんて感想を抱いたことはない。

「このエントランスのアーチのとこなんかすごく奇麗ですよね。内側から見上げると幾重にも見えるのに外からではわからない構造なんでしょう? 人を中に誘い込む魅力のある設計だと思います」

話し合ったり遊びに行ったりしなくたって、俺はちゃんとこの人がわかっている。たとえそれが独りよがりだったとしても、違うという証明がなされないならこれが真実だ。

「仕事が好き、か」

「ええ、もちろん」

あなたのことも。

今ならそう言えます。

一度は『好き』という言葉がしっくりこないと思って避けていたけれど、自分の気持ちに気づいた今なら。

けれど皮肉なことに、それがわかった時にはもう二度と言えないような立場になっていたんですけど。

「お望みの中庭は階段状にした。こうすると最上段が舞台のようになって、セミコンサートまがいのものも出来るようになるだろう。それとフリーマーケットなんかにも利用出来るんじゃないか」

「そうですね。ここの…」

彼の引いた設計図の上に指を滑らせる。

「中庭から奥へ抜ける部分はどうなってるんです？」

彼は俺の質問に丁寧に答えてくれる。

「奥の壁面にステンドグラスでも入れようかと思ってたんだが、方向を見たら丁度夏なんかは月が通るみたいなんでな、そのまま開けておこうかと思ってる」

それでいいだろう。

「月ですか。いいですね、それ」

「実際見えるようにするためにはもう少し軌道計算しなきゃならんがな」

「やって下さいよ。そしたらビルの名前もそれで行くように進言してみます」

「それ？」

「そう、中庭と月が売り物ですから『ムーン・ガーデン』なんてどうです」

「あのお育ちのいい社長が気に入りそうな名前だな」

この『ムーン・ガーデン』を二人で作ることが出来れば、それで。

そう思いながら、俺は彼に向けて笑顔を作った。

「あなたの作るものに合わせた名前ですよ」

作らなければ上手《うま》く出来ない、複雑な笑顔を。


「よう、ただいま」

と、俺のオフィスにノックもせずに吉田《よしだ》が訪れた頃、世間では暖房器具なんかとっくの昔にしまい込まれ、クーラーがガンガンに回っていた。

もちろん、俺の事務所もだ。

窓から差し込む太陽の光は日を追うごとに強くなり、スーツを着る必要のない俺達はもっぱら半袖のシャツ一枚で過ごす初夏。

「おー、お帰り。仕事どうだった」

自分の仕事で忙しく出歩いている彼と出会うのは久しぶりだった。いい色に焼けた顔が彼が仕事をしてたんだか遊んでたんだかわからなくしている。

「まあ何とか。後はちょくちょく出来上がりを見に行くよ。そっちは？」

「今は外装に取り掛かってる」

ポケットからハンカチを取り出し、メガネと顔を拭《ふ》いた吉田は、主を差し置いて一番いい風が当たるところに突っ立ってシャツの衿をパタパタさせた。

「元気かって聞いたつもりだったのに、まあいいか。工事の方、今年は梅雨《つゆ》に雨が多くて遅れ気味だろ」

「ああ。アイスコーヒー飲むか？」

「飲む、飲む。入れてくれ。外は暑くて」

お土産《みやげ》らしい紙袋を確認しているから、俺は腰も軽く立ち上がると友人のために冷蔵庫からパックのコーヒーを取り出し、グラスへ注ぐと自分の分と一緒にテーブルの上へ置いた。

「ほら、どうぞ」

「ん、悪い。あ、これお土産ね」

「ありがたく頂戴《ちょうだい》します。モノは？」

「地酒。美味《うま》いよ」

「確認済み？」

「山ほど」

だが昼間から酒というわけには行かないから、一先ず渡されたものは横へ置く。

クーラーの風と冷たいコーヒーで一息ついてから、吉田はソファに腰を下ろし何故か少し心配そうに俺に聞いた。

「で、例の一件はどうなった？」

今更、の話だ。

たった今外壁に掛かっていると言ったのに。

「順調。忍足さんに引き受けてもらって鬼に金棒ってカンジだよ」

だが一応は気に掛けてくれていたのだろうと解釈し、説明する。

「周囲の反応も悪くないし、テナントも大体決まって、後は完成を待つばかりってとこかな」

「へえ、そいつは良かった。落成式には招待してくれるだろ」

「もちろん。扇屋の石原さんにも紹介してやるよ。将来有望な建築家だ、って」

「石原さんかぁ」

喜ぶと思ったのに、彼はちょっと考えるように天井を見上げた。

「何？」

引っ掛かって聞き返すとちょっと言いにくそうな顔をする。

「何だよ。何かあるのか？」

「うーん、この間『ハンズ』で飲んでる時にちょっと悪い噂聞いてさ。今日はそれをお前の耳に入れとこうかと思って来たのもあるんだ」

「悪い噂？」

吉田はテーブルの上のコーヒーを一気に飲み干し、またハンカチで顔を拭《ぬぐ》った。汗などもう引いているのに。

「会ってみて、どんな感じだった？」

「石原さん？　いい人だよ。わりと鷹揚《おうよう》で育ちが良さそうで」

出会った時からそう思っていたのだが、石原さんという男の印象は良くも悪くも『お上品』

な感じだった。

一流品を着こなし、それを自慢するわけでもない。けれど下のものに関しては、人も物もちょっと見下げるような言動が目立つ。『ああ、そんなものでしょう』と言ったふうに、認めるというよりも自分には関係ないからどうでもいいというような。

ただ鼻につくようなブルジョワ意識を持ってるわけではなさそうだから、さして気にはしていなかったのだ。

自分自身は随分信頼もされて、打ち合わせの度に食事に誘われたりしていたから。

その通りを口にすると、吉田は軽い相槌《あいづち》をうった。

「ふん、大体は噂通りだな」

「だからその噂って何だよ？」

「つまり、彼は鼻持ちならない人間だってこと」

彼はそう言うとカラになったコップを振っておかわりを催促した。けれど話の先が聞きたいから、立ち上がってはやったが、冷蔵庫からコーヒーのパックを取ってそのまま彼に渡してやった。

「セルフサービスか？」

「いいから、その悪い噂をちゃんと詳しく言えよ。せっかくいいクライアントだと思ってるのに、ここまで来てトラブル起こしたくないぞ」

「まあまあ、あくまで噂だからさ」

「引っ張るなあ」

吉田が飲んで軽くなったパックの残りを、自分のコップに注ぐ。

「俺が聞いた話だと、石原って男は結構生粋《きっすい》のボンボンらしいぞ。気に入らないことがあるとすぐに癇癪《かんしゃく》起こすらしいし」

「それは嘘だよ。今まで一度だってあの人が怒ったり当たり散らしてるのなんか見たことないもん」

「うん、まあだからそっちはやっかみかもな」

「『そっち』って、まだ他にもあるのか？」

「うん、そのもう一つのが問題なんだよ。お前、彼に食事とか誘われたんだろ？　しかも二人っきりで」

「いや、いっつも二人ってことではないけど。関係者の人と一緒だったりもしたよ」

それが悪い噂と何の関係があるんだろう。

「そっか。…実は石原って人、女癖が悪いって話でさ。婚約してるらしいんだけど、かなり遊び回ってるらしいんだよ」

「それで?」

「あちこちで遊んでるところを見られてるんだけど、どうも彼、男もイケルらしいんだ」

「は?」

吉田は言いにくそうに頭を掻《か》いた。

「俺が見たんじゃないぞ。ただ歌舞《かぶ》伎町《きちょう》辺りでそれっぽい若い男とホテルに入るところを見たって話で、友人が仕事で組んでるって言ったら注意しろって。ほら、北条も一応若くて顔のいい男だからさ」

「はあ」

俺は苦笑した。

あの落ち着いた彼をして短気で利かん気という噂は嘘だろうと思う。それと同じくらい彼がホモセクシャルであるという噂も嘘に思えた。

だって、自分にそういう関係を迫ったのは石原さんではなく忍足さんだったのだ。

「大層にするから一体どんな噂かと思ったら、そんなことか。大丈夫、今まで一度だってセーションかけられたことはないよ。何しろ忙しくて忙しくてそれどころじゃなかったから。会えば仕事の話だ」

「でも一段落ついたんだろ?」

「まあね」

「じゃあこれからかもな」

吉田は笑った。

その笑顔は既に真面目な心配からは遠ざかっている。

「お前、面白がってるだろ」

「ああ。どうやら単なる『噂』だったってわかって安心したよ。会って話すまで、もし仕事の代わりに身体を、なんてことになってたらどうしようかと思って」

それはキツイ一言だ。

「そんなことはないと思うけどさ、もしも、そうだったらきっとズタボロになってるんじゃないかなぁと」

いや、そんなことはあったんだ。

あったけれど、身も心もズタボロにはなってないんだよ。

「チェッ、心配して損したな。そのためにワザワザ高い酒買って来てやったのに」

「はは、そりゃどうも。ご心配と共にありがたく受け取っておくよ」

自分でちゃんと考えてそれを受け入れてしまった俺には酒を飲む資格はないかも知れないな。

「何だったら持って帰ってもいいんだぞ」

と言うのはそんな気持ちから。

「いいよ、そこまでセコくないから。ま、その内もっといいものでお返しでもしてもらうさ」

「そっちのが怖いな」

そして吉田は更に、俺の心臓をドキリとさせる名前を口にした。

「そう言えば、忍足さんの方なんだけど」

これには一瞬狼狽《ろうばい》してしまう。石原氏は全然事実と違うことだから笑って否定出来たけれど、現実にあったことに対して上手く嘘が吐けるだろうか。

俺はワザとコーヒーを口に含みながら返事をした。

「あに？」

「何だよ、行儀悪いな。忍足さんとさ、この前また会ったんだよ、偶然」

「へえ」

何だろう。何か言われるのかな。

思わず吉田の顔から視線が外せなくなる。

けれど彼はそんな俺を見て、プッ、と吹き出した。

「何だよ。何がおかしいんだよ」

内心はドキドキしながらむっとした顔をする。

「だって、北条緊張してるだろ。大丈夫だって、忍足さん、お前のこと褒めてたよ」

「ホント?」

それは是非聞きたい。

彼とは何度会っても気まずくて、仕事のディスカッションは何度もしたし、会話も多かったんだが、あの時恐れていた通り笑い合うなんてことはなかった。

だから自分のことなど意識から外しているのかと思っていた。

「それで、何て言ってた?」

「仕事も丁寧だし、発想も悪くないってさ。建築の勉強が独学だって言ったら驚いてたよ」

「へえ、嬉《うれ》しいなぁ」

嬉しいけれど、個人的な感想ではない。やはりそれも仕事上の評価だ。

「仲がいいのかって聞かれたから、学生時代からずっと一緒で、親友ですって吹いといたよ。もう真面目で、可愛くて、世話やきだって」

彼とプライベートのことを考えるのは、もう無理なのかな。

「アヤシイなあ。下心アリなんじゃないのか?」

「そんなことないって。ただあの人無口だから間がもたなくてさ、それでつい向こうから『北条とは長いのか?』って聞かれたんでな」

「何だよ、俺は酒のサカナか？」

「いいじゃん、褒めてやったんだから。北条が映画やってたって知っててさ、お前の映画見たいって言うから卒制のビデオ、貸しといた」

　卒制と言うと、あの初めて改装じゃなく建築を手掛けた時のあれか？

「あんなのまで渡したのか」

「だってあれ、俺の仕事が映ってんだもん。やっぱ憧れの先輩にいいトコ見て欲しいじゃん。自分から見てくれとは言えないけど、お前の作品見せるついでなら売り込みっぽくなくていいだろ？」

「ちゃっかりしてんなあ」

　だがそれも当然だろう。

　彼も俺と同じく、あのラインに惹《ひ》かれた者なのだから。ただし、彼だけは未だにその気持ちを『憧れ』のままで留めているのだけれど。

「まあいいさ。何にせよ、お互い順風満帆ってことで。そいじゃ、コーヒーごちそうさん。俺、そろそろ戻るわ」

　吉田は来た時と同じく唐突に立ち上がった。

　何だ、本当に石原さんの悪い噂を伝えに来ただけだったのか。

「もう行くのか？」

「ああ、他にも細かい仕事入ったんだ。暫《しばら》くはお前と組むこともないだろうな。でも飲みに行くならいつでも付き合うぜ」

「そいつはこっちが考えとくよ」

手を振る吉田を飲み込んで、ゆっくりと金属のドアが閉まる。

彼が見えなくなるまで笑っていた俺は、最後にガシャッと重く扉の閉じる音がすると同時にふっと肩の力を抜いた。

毎日が忙しく楽しいということに嘘はない。

今は充実している。

けれど忍足さんのことを考える度に疲れを感じるのは何故だろう。

何かが足りないような気になるのは何故だろう。

仕事を一緒にやって、益々彼のことが好きになった。

けれど彼は俺個人を見てはくれない。

建築プロデューサーとしては、吉田も言ってくれたように少なからず認めてはくれているのだろう。でも大抵の場合、工事も進むと『じゃあ帰りに一杯』なんてなるのに、彼からの誘いは二度とない。

身体を求められた時、簡単に応えた節操のない人間と思われたのか、経験不足で面白くない人間と思われたのか。

どっちにしても彼には『北条知也《ともや》』という俺個人に対する興味はこれっぽっちも見られなかった。

だから少し疲れるのだ。

彼といる時はいつも、仕事の顔を続けていなければならないから。

見過ごされないようにと虚勢を張らなければならないから。

時が経てば落ち着くかと思った気持ちは少しも落ち着きを取り戻してはいない。いつまで経っても夢を追うように彼を追い続けている。

走ることに疲れたように、恋をすることに疲れてるのだろうか？　だとしても止めることも出来はしない。

感情は、自分の自由にはならないものだから。

「いけね、俺もそろそろ行かなきゃ。昨日のトラブルの後始末をチェックするんだったっけ」

空《から》っぽになったコーヒーのパックをポンとゴミ箱に投げながら、俺はポツリと零《こぼ》した。

「もう少し、頑張んなきゃな」

仕事が終われば忍足さんとの付き合いも終わる。その仕事の終わりが、そろそろ見えて来たことに不安と疲労を感じてる自分に苦笑しながら。

「確かに外国人が入ったのを事前に言わなかったのは悪かったですよ。でもね、今はどこでも人手不足だし、何とか仕事はこなしてるじゃないですか」

現場に着いた俺をそんな不満の声で捕まえたのは、左官工の親方だった。

「でも確かにここはキッチリとは言えないのはわかるでしょう」

図面を取り出して確認するように言うのだが、親方はふいっと横を向いた。

「どこの現場だって、このくらいは許してくれますよ」

トラブルの始まりは昨日だった。

いよいよ外観に取り掛かることになり壁面のレンガを積み始めたところ、熟練の職人を揃えると言った左官屋が人手不足を理由に外国人を連れて来たのだ。

別に国籍をどうこう言うわけではないが、彼等は見てすぐわかるほどシロウトだった。

職人の仕事というのは大抵がノルマ制ではない。何日かかった、何人使ったという手間賃制なのだ。だから熟練した人間が一人でやって三日で終わるところを、シロウトが五人来て十日で終わると、仕上がりは悪いのに後者の方が高くつく。

しかも昨日はこの外壁のチェックに忍足さん本人が訪れていた。

忍足さんは最初は黙って見ていたが、その積み方が悪いことが判明すると、すぐに親方に文句を言った。

そこでケンカが始まったのだ。

普通はこんなもんで許されるとうそぶく親方と、プロの仕事ならクライアントが納得行くまでやり直せと言う忍足さんは、周囲の者がハラハラするほどの大声で怒鳴り合った。

結局、怒った忍足さんがその場から立ち去ることで一先ず収まりはしたのだが、プロデューサーとして自分も放っておくことは出来ず、今日もそこを注意しに来たのだ。

「でも最初の約束では熟練した方のみということでしたよね。ですからこちらもこの額で受注したんですよ。もしこのまま彼等を使うようなら、支払いの方も考えさせてもらいますからね」

「何言ってんだよ。仕事は仕事だろ」

「プロの仕事とアマチュアの仕事は一緒じゃありません。それとも、あなたはそこら辺にいる人間に出来るような仕事しかしてないって言うんですか」

「とにかく、人がいねぇんだよ。そっちだって納期が遅れちゃマズイだろう」

開き直った態度で、左官屋の親父は声を荒らげた。

「若造がグダグダ言ったって仕方ねぇんだよ、こういうのは。レンガ積むのは俺達なんだから、俺達に任せときな」

「そんなこと言って…」

相手の態度に腹が立ち、こっちも一言言ってやろうと思った時、目の前の親父の視線が俺から横へズレた。と、同時に工事用に張り巡らせてあったホロが動く音がする。

誰かが入って来たのかと振り向くと、そこには昨日腹を立ててここを立ち去った忍足さんの姿があった。

「忍足さん」

忍足さんは、ゆっくりと俺の方へ近づくと、手にしていた麻袋をドスンと足元に置いた。

「すいません、今話を…」

あなたのためにはどんなことでもすると言ったのは自分だ。気持ちよく仕事をさせるためには業者とケンカしたってかまわない。

だからもう少し待っててくれ、そう言うつもりだった。

けれど彼は片手で俺の言葉を制すると、左官屋の親父を見ながらゆっくりと取り出したタバコに火を点《つ》けた。

「よう」

くわえタバコのまま、にやりと笑う。

相手が笑みを見せたので気を許したのか、親父もおずおずと顔だけで会釈をした。

「それじゃあ、行こうか」

誰に向けた言葉なのか、自分に向けて言ったものなのか、そう言うと彼は足元の麻袋の中から一本のハンマーを取り出した。

土台の柱を打つような、あのデカイやつだ。

「忍足さん？」

それを肩にかつぎ上げ親方を脇へどけると、そのまま彼は昨日文句を言った壁面に歩みより、野球のバットを振るうように横振りで壁面にハンマーを叩《たた》きつけた。

「…あっ！」

止める間もなかった。

ガシャとかガンとか、鈍い音が何度も響いて積んだばかりのレンガを壊してゆく。周囲の工事人達も何事が起こったのかと手を止めてこちらを見ていた。

「あ、あんた、何してんだ！」

慌てた親父が彼の腕を取った時には、壁は既にボロボロ。

その前で彼は親父を見下ろし、タバコの煙を吹きかけた。

「ダメなもんは作り直すしかないだろう。口で言ってわからんなら、潰しちまった方が早い」

手にしていたハンマーを持ち直して、その後も彼は昨日チェックを入れた箇所全てを叩き落とした。

左官屋ももう唖然《あぜん》として彼を眺めるだけだ。

「俺はプロだ。あんた達にも一流のプロと思って仕事を頼んでる。だから〇・五ミリの狂いもなく奇麗にやってくれ。もしまた納得がいかなかったら何度でもやり直させるぜ。どんな方法をとっても」

「そ…、それで納期が遅れたら」

その先は俺の出番だった。

「納期の融通は何とかします。ですが、また忍足さんがハンマーを持つようなことがあれば、違約金を払ってでもあなた達を仕事から降ろさせてもらいます」

「だそうだ」

忍足さんは唇の先でタバコを弄《もてあそ》ぶと、麻袋のところへ戻りハンマーをしまった。

「それじゃあ後はよろしく。また明日見に来るからな」

去ろうとする彼を俺は無意識のうちに追いかけた。

「忍足さん」

このまま残って工事人達の機嫌をとって仕事を再開させるのが自分の仕事かも知れない。

でも彼の妥協を許さないプロ意識の表れを見た途端、バカみたいに全身に走った震えを止められず、彼を呼び止めてしまった。

「何だ」

「まず最初に、すいませんでした。もっと業者を選ぶべきでした」

彼が動かなければならなくなったことへの詫《わ》びを一言。

「でも、何て言うか、今のは…」

「やり過ぎか?」

「違います!」

俺は即座に否定した。

「上手《うま》く言えないけど、カッコよかったです」

忍足さんは俺の言葉に笑った。

「カッコイイか。子供みたいなセリフだな」

「すいません。でも、本当にそう思ったんです。自分の仕事にプライドを持ってるところが、凄《すご》いって思いました」

「単にカッコつけてるだけかも知れないぜ」

「そんなことないでしょう。誰だって、他人に悪口を言われるのを恐れるから、自分のやりたいことよりも周囲の反応を気にする。でも何よりも自分の仕事を優先させて、相手にも同等のものを求めるのは…プロの仕事だと思います。レンガを叩きこわされた職人はそれを喜ぶべきです」

「何故？」

「だって、出来ると思うから『もう一度』なんでしょう。彼等にやれると思ってるからでしょう。自分の求めるものを持ってるはずだからやり直させるなら、その力を信じてもらって喜ぶべきです」

忍足さんは口のタバコを手に取って、ふっと煙を吐いた。

「面白いこと言うな」

「本当のことです。彼等が出来ないと思ってれば、俺に『変えろ』と言えばすむことなんですから」

この時、彼は仕事に入って初めて素の顔で笑った。

「今日、この後何もないなら茶でも飲むか」

そしてこれもまた初めて、俺を誘ってくれた。

「はい」

子犬みたいに後をついて行く俺は、どう見たって学生気分だ。

書類も抱えてるし、つい今し方左官屋の親父に忍足さんの尻馬とはいえタンカを切ったのに、大好きな人に誘われて笑いが止まらない。

「近くに美味《うま》いコーヒー飲ませる店知ってるか？」

「はい、そこを左に行ったところに小さいけど美味《おい》しいお店が」

「じゃあそこにしよう」

小さな子供が、カッコイイ大人に憧れるのにちょっと似ている。

彼の後ろを歩いて、空気に漂うタバコの匂いだけで、嬉しくなってしまう。

酒飲んで夜遊びする年なのに、手作りケーキが並べられた小さな喫茶店に入るのに胸をときめかせている。

俺はこの人といるとバカになる。

「俺はコーヒー。お前は」

「あ、じゃあ同じものを」

タールを塗ったような黒い木の床に点在する丸テーブルの一つに、俺達は向かい合って座った。

椅子《いす》は同じような暗い色調の木で硬かったけれど、座り心地より何より、ずっとこのままここに座っていたいと思った。

「てっきり、怒ると思ったよ」

彼は短くなったタバコを、熱そうに灰皿で消した。

「何をです？」

「俺のやり方さ」

「どうして？　俺は喜んでますよ」

「それこそどうして」

「この仕事にこんなにも真面目に取り組んでくれてるんだって思ったから。どうでもいいとか、この程度ならいいって、手を抜かずにいてくれたから」

彼は何も言わずふん、と横を向いた。まるで照れてるみたいに。実際はいつもと同じ、何の表情もない顔なのだけれど。

「お前は…変わったヤツだな」

それぞれが違う形のカップに入れられたコーヒーが運ばれて来ると、彼はただそれだけポツリと言った。

「そうですか？　平凡だって言われますけど」

「変わってるさ」

そしてまたタバコを取り出して火を点ける。

ヘビースモーカーじゃない人間がタバコをくわえるのは、口が寂しい時と話をごまかす時だと聞いたのを、なぜか思い出した。

「レンガ、積み終わったら奥の窓も奇麗になりますね」

「ん？　ああ」

「そしたら俺、カメラ持って来て写真でも撮ろうかな」

「出来上がってからにすればいいだろ」

「出来上がってからも撮らせていただきます。でも、あそこに月がはまる瞬間を、誰よりも先に見たいと思うから」

「そんなもんかね」

あの日のことには、何も触れない話題だった。

「そんなもんです。俺はずっと、『残る仕事』がしたかったから。今回みたいに自分が納得いく形で出来る仕事は何もかも大切にしたいんです」

やはりいつの間にか仕事の話になってしまう会話だった。

「いつか、気が向いたらまた俺を使って下さいね」

周囲にはこの街に似合った若い女の子の客がいて、込み入った話など出来るはずもないし、振ることも出来ない。

「ま、気が向いたらな」

それでも、俺には短いティータイムが嬉しくて、何とか彼の声を引き出す話題を探すのに必死だった。

「そう言えば、吉田から聞いたんですけど、俺のビデオ持ってったそうですね」

「ああ、面白かった」

「あいつ、忍足さんに自分の仕事見て欲しかったみたいですよ。ずっとファンだったから」

大きな幸せが手に入らないことがわかっているから、小さな幸福だけでも拾おうと、ずっと彼を見ていた。

「今度、吉田と三人で酒でも飲みませんか?」

それが傍《はた》から見れば茶番に思えるほどの懸命さであっても。


レンガの一件は、図らずも俺にそういう短い幸福をくれた。

けれどどんな出来事も幸福と不幸はセットになってやって来るものだ。

一つのことに両面性がなかったとしても、波のように良いことと悪いことは訪れる。

仕事に対して彼が見せた妥協のない態度は、俺には称賛すべきことだった。だが、翌日にはそれが誰にとっても喜ばしいことではなかったのだと知らされた。

朝遅く、昼に近い頃になってのそのそとオフィスに顔を出した俺は、一本の電話で呼び出された。

相手は石原氏だ。

彼はすぐに俺に会社へ来るようにと言い、説明なく電話を切った。

何があったのだろう。

慌てて寝癖の髪を整えて扇屋へ向かう。

受付嬢に案内されて通った広い部屋で、彼は少し苛立ったような顔をして俺を迎えた。

「おはよう、かな」

どこかにまだ眠気が漂っていたのか、彼は最初にそう言った。

「あ、いえ。ちゃんと起きてます」

どこにも不備がないことは出てくる前に三度もチェック済みだ。

「それはよかった。ハッキリした頭の方が質問に答えて戴けるだろうからね」

いつにないキツイ口調だ。

慇懃無礼《いんぎんぶれい》ってヤツか。

「あの、何か?」

今彼に呼ばれる理由が皆目見当つかない。

ソファに座るように促した彼は、正面の大きなデスクから出て来ようとはしなかった。いつもならにこやかに俺の正面に腰を下ろす筈《はず》なのに。

いやだな。

何か失敗したろうか。

「例の『ムーン・ガーデン』の進行状況はどうかね」

低い声。

尋ねるというより問いただすといった感がある。

「順調です。雨で少し遅れていますが、その分早目に造園業者に入ってもらうつもりですから何とか取り戻せるでしょう」

「順調？」

ピクッと、彼の眉が上がった。

「昨夜、私が聞いたところによると、現場でハンマーを振るってビルを壊した者がいるという話だったんだが？」

そのことか。

「それは事実です」

「その時君もいたんだろう」

「いました」

「何故止めなかった」

「必要がなかったからです」

「必要ない？　ビルを壊されたのに？」

俺はふっと深呼吸して、遠く離れた石原氏を見た。

「どういう形でお聞きになったのかは知りませんが、あれは壊すべきでした」

彼の形相はいつもと全く違う。鷹揚で穏やかだった育ちのよい男の顔ではなく、苛立った神経質な男のそれになっている。

「やったのは、建築家の忍足だそうだな」

「…そうです」

「一体どういうつもりなんだ、あいつは。自分の設計したビルを破壊するなんて」

「ですからそれは必要なことだったんです」

俺は自分の手配ミスに繋がるとわかっていながら、説明した。

「左官屋が契約に反して不慣れな人間を連れて来たせいで、外壁のレンガにズレが出ていたんです。忍足さんはそれを直すように言ったのですが、業者は『こんなもんでいい』と言って押し通そうとしたんです。それで彼は仕方なく…」

「そのズレは見苦しいほどのものだったのか」

「…出来上がった時に、あのビルが一流とは思われなくなるであろうズレでした」

「だが左官屋の方では難クセだと言ってたぞ」

やっぱり石原さんに報告したのはあの親父か。

「若造がやって来て、気に入らないと言って勝手に壊したからその分工期が延びる、だから代金を上乗せしてくれと言って来た」

石原さんはデスクの上で組んだ指を神経質そうにクルクルと動かした。

そういう話はまず俺へするべきものを、あの親父。完璧に人を若造扱いしやがって。しかも石原さんの方が上役で金を握ってると思うから、保身を兼ねてそんなことを。

「俺はこの仕事を誇りを持ってやっています。『こんなもんでいいや』って出来にしたくはありません。忍足さんもそうです。彼は自分の仕事を完璧に仕上げることを常としている人です。ですから、たとえその誤差がわずかだとしても、一番大切な外壁のレンガを歪《ゆが》んで積まれるのが許せなかったんでしょう。彼の行為は正当です」

「…納期の遅れは」

「それは俺が何とかします。彼にいい仕事をしてもらいたいんです」

「あれは私のビルだ」

トゲのように引っ掛かるその言葉。

「もちろんです。ですから彼にいい仕事をしてもらえば、それがあなたの成功に繋がるのではありませんか?」

「うむ」

忙しく動かしていた指は止まり、彼は組んだ手の上に顎を乗せた。

「納期が遅れれば、管理能力を疑われる」

「それは俺のでしょう」

「そういう君を選んだ私のもだ」

ああ、また。

彼の言葉に喉《のど》の奥が痛む。

自分のことしか考えていない人間の言葉のようで。

「ではあなたが選んだ人間を信じて下さい。それにもしその事を誰かに咎《とが》められるようなら『納期の遅れよりも出来を追求した』と言えばいいじゃないですか」

だからワザと、俺はそんな言い方をした。

本心を言えば、『そんなもの、いい仕事を優先させて当然でしょう』と言いたいのに。

彼は、俺が思った通り今の言葉で少し顔の表情を緩ませた。

そしてやっと大きな副社長の椅子から立ち上がり、デスクを回ると目の前のソファに腰を下ろした。

まるであの席は要塞で、あそこにいる限りは安全だというように会話が攻防をしている間はあそこへ籠《こ》もり、今少し平穏に過ごせそうだと思ったから巣穴から出て来た小動物のように。

「だが左官屋は文句を言う」

「言わせておけばいいじゃないですか。それが酷《ひど》いようなら俺が何とかします」

「私のために？」

彼の向けた視線に、俺はすぐに答えることが出来なかった。

だって、俺の苦労は彼のためではない。クライアントとして尊重はするが、今回に限り俺は何よりも、誰よりも忍足さんのためだけに働いている。

けれど、俺は頷いた。

「そうですね」

これが仕事だから。

「あなたのために努力します」

そして彼の視線の中に、何か嫌なものを感じたから。

忍足さんの名前を隠し、その前に自分が立つことに決めた。

「…では信用しよう。突然呼び出して悪かったね」

不快な感覚。

「いいえ。ご心配なさるのは当然のことですから」

それがどこから来ているのかわかってしまうから余計に不快だ。

「お詫びに食事でも一緒にどうだね？」

俺は空腹を感じていたにもかかわらず、彼の申し出を断った。

「いえ、今日も現場でそのレンガのチェックをしますから」

そういえば、この人が現場へ来たのを、まだ見たことはない。

「そうかい？　残念だな」

「『あなた』のために仕事をしに行って来ますから。それでは」

嘘を吐《つ》いた顔を、他人に見られたくはなかった。それに、今この人と一緒の部屋にもいたくなかった。

俺はすぐに立ち上がり、一礼すると声を掛けられる前に部屋を後にした。

廊下を速足で駆け抜け、エレベーターを降り、クーラーの効いた美しいビルを飛び出すとみっちりとした湿気と暑さの外に飛び出す。

不快指数の高そうな天気だったが、その方があの部屋よりいくらもマシな気がした。

ゆとりのある時とない時とでは、人はあんな風に変わってしまうものなのか。順調な時には悠然と構えていたのに、僅《わず》かでもそれが揺らぐと保身を考えていきり立つ。

彼の、トゲのような言葉はビルのことよりも、それに情熱を傾けることよりも、自分がどういう評価を受けるかしか考えていない言葉だった。

「…あながち、噂というだけでもなかったのかもな」

仕事から戻ってすぐに訪れた吉田の言葉が頭を過《よぎ》る。

『俺が聞いた話だと、石原って男は結構生粋のボンボンらしいぞ。気に入らないことがあるとすぐに癇癪起こすらしいし』

やっかみで誰かが中傷しているだけだと思っていた。聞いてすぐに否定をした。

だが人はあらゆる面を見なければわからないものなのだ。

「暑い…」

ジリジリと上がる体温。

強くなる日差し。

眩《まぶ》しくてくらくらする。

まだ夏の盛りというほどではない筈なのに、気温が高い。

「面倒《めんど》いなぁ」

抜けるような青空が広がっているのに、何故かそれは近づく雷雨の前触れのようで、妙に寒々しいイメージを内包していた。

まるで、嵐の前の静けさのように。

穏やか過ぎて、強い不安をかき立てるのだった…。


月が、真っ暗な闇《やみ》の中にぽかんと浮かぶ夢を見た。

毎日が忙しく、疲れ果て、泥のように眠る日々が続いたというのに。何故かその夜だけは奇麗な夢を見た。

完成した建物の、中庭に立って周囲を見渡す。

階段状の中庭は夜気にひんやりと冷えて、昼間焼け石のように熱せられていたタイルも今は冷たい空気に染まっている。

道に背を向けて奥を見ると、正面上段にはあの窓があった。

高さを上手《うま》く調節したせいで、隣家の屋根は見えず、窓の向こうは何もないように演出されている。

それを見ていると、不思議なほど静かな気持ちになった。

俺は死ぬ。

いつか必ず死ぬ。

それが明日交通事故にあってだか、六十年後に老衰でだかわからないが、人間として絶対に逃れられない運命のまま消えてゆくだろう。

けれど建物はいつまでも残るのだ。

このビルさえ、あと百年経ったら老朽化して壊されるかも知れないが、少なくとも俺よりもずっと長く現役として人々の記憶の中に残ってゆくだろう。

それをこの小さな存在でしかない自分が作り上げたのだ。

自分が一番尊敬し、憧れ、愛しく思う忍足《おしだり》さんと共に。

この先、二人が二度と会うことなく別れても、一時は共にいたという証しが。

昔、吉田《よしだ》の先輩が言っていた。

建物は人のコミュニケーションの場だと。

あれは出来上がったものに対しての言葉だったが、今の俺はそれが作られる過程でも人と人とが交差しあう場所なのだと思えた。

忍足さんと、会えた。

彼と交わることが出来た。

現実に、彼と身体を重ねても、そこに彼の気持ちがなかったから何も生まれはしなかった。

けれど、仕事の上、このビルを作る上での彼との邂逅《かいこう》は、見事に一つの結果を生むことが出来たのだ。

そう思うと、冷たい石と鉄の塊でしかないこの建物が愛しかった。

夢だから、感覚などないはずなのに、触れる壁は冷たく堅い。

だがその中には忍足さんの影がある。

顔を寄せて、頬《ほお》を付けると、その冷たさはとても心地よかった。手に触れられる実感に、安《あん》堵《ど》を感じた。

これがある限り、自分の気持ちは嘘ではなく、思い出も風化しないのだと。

けれど目が覚めて、小さなオレンジ色の豆球が点《つ》いただけの部屋の中を見回すと、やはり自分は一人だった。

ダークブルーの空気の中、だんだんと形を成す見慣れた空間。

そこには誰もいない。

何もない。

自分の気配だけが、どんよりと暖まった空気の中に漂うだけだ。

そこにある本棚も、自分を包む布団《ふとん》も、窓に下がるカーテンも、みんな自分だけの気配。

「まいったな…」

狭い部屋には仕事の匂いが全くしない。オフィスを立ち上げた時、自分でワザとそうしたのだ。何も考えずに休みが取れるようにと。イマジネーションを高めるために、余計なものを剝《は》ぎ取ってしまった。

だからここには忍足さんの影もなかった。

そう思った途端、ふいに感じる不安。

全てが、今のように『夢』でしかなかったのではないかと。現実では、自分はまだ忍足さんに会うことも叶ってないのではないかと。

そして何もない場所で、初めて俺は何故自分がこんなにも今回の仕事に情熱を傾けるのかがわかってしまった。

仕事が好きだから、忍足さんが好きだから、何度となく繰り返したその言葉も嘘ではない。

だが、それだけではなかった。

自分は彼との間に『何かを残したい』のだ。

人間関係として彼と築くものが望めないから、建物を残したいのだ。

まるで女が恋愛相手との間に子供を望むように。いつも自分の歩いた跡が残ることを望んでいる。

それほど、彼が好きなのだ。

そしてそれほどまでに不安なのだ。

目に見えない不確かな『家庭』しか残さない父を見て、自分はもっと形のある何かを残したいと思った。それは結果を求める強い望みのはずだったのに、フタを開けてみれば単に目に見えないものに頼ることが不安だからじゃないのか？

形のないものを信じて働いていた父の方が、自分よりずっと強かったのだ。

彼を好きになったことは悔やまない。

彼に抱かれたことも悔やまない。

今二人の間に仕事という関係しか残ってないことも、悔やんだりはしない。

けれど今以上を望む気持ちもある。

彼が欲しいと願うことは自由だ。

願う気持ちだけは、自由だ。

だから俺はずっと、心の底で望んでいた。

忍足さんと自分が、並び立つことを。

でも同時に叶わないことだとわかってもいたから、冷たい壁に頬を寄せても返って来るものは何もないのに、彼の影を求めて擦り寄っていた。現実のあの逞《たくま》しい胸に頬を寄せることが出来ないから。

「何か…、サイテー…」

自分の欲望で、大切な仕事を汚してしまった気分で、俺はすっかり目が覚めてしまったというのに部屋の明かりを点けることができなかった。

ただベッドの中で何度か寝返りを打ちながら、じっと朝が来るのを待った。暗闇の中で静かにしている間に、欲望が薄れてくれることを願って。

ズレてしまったことは壊してやり直せばいいと、忍足さんは言った。でも壊すことさえ恐れるならば、どうしたらいいのだろう。

今更、何を言っても無駄だと知って、それなら現状維持で満足すべきだと思っている。

『この程度でいいじゃないか』と言った左官屋の親父と一緒だ。

自分は二流なのだ。

忍足さんと並ぶ価値もないのだ。

それが悲しくて、俺は傷ついた動物のように丸くなった。

自分に、忍足さんのように何をも恐れずハンマーを握れる日が来ることがあるのだろうか、と思いを巡らせながら。

自分の見たくない部分を見てしまってから、俺は更に自分の気持ちを告げるということに対して臆病になった。

出来るのは、忍足さんの背中を見ることだけ。

あの家に理由もなく訪ねることに余計抵抗を感じ、機会を探ることもしなくなった。だが現場にならいつでも足を向けることが出来る。

だから、ほぼ毎日のようにあそこへ顔を出しては、彼が来ていないかどうかを確かめていた。

甘い気持ちもあったけれど、贖罪《しょくざい》のように彼と真剣勝負をするために。

二人であれやこれやディスカッションする時間は、何より大切だった。

基礎工事の時から、彼はよく顔を出していたが、それが細かい内装部分になると余計頻繁になった。最初はきっと初めて組む業者のチェックに来ていたのだろうが、後になると出来上がりを見て、細かな部分をより良く変えるためのようだった。

業者とのトラブルは例の左官屋の一件だけ。

あれも、文句をつけて色々言っていたようだが、親父はこちらの言う通り熟練工を連れて来て全てやり直してくれた。

恐らく、文句の一つもつければ簡単に引っ込むだろうと思っていた若造が思いのほかしぶとかったのと、バックに控える扇屋《おうぎや》がクレームに対して動かなかったせいだろう。

もう一つ付けくわえるなら、翌日本当にまたハンマーを持って現れた忍足さんが、やり直した仕事に対し、手放しの称賛を送ったことで気を良くしたのかも知れない。

彼等の方が臆病な俺よりも格上ということか。

まだ道路からは工事用のホロに包まれてるから全貌は見えないが、ビルは着実に完成に近づいていている。

やがてガラスが搬入され、個々の内装が完了したら落成式。テナントが入居してその手直しをしたら引き渡しだ。

この仕事はもう秒読み段階、と言ってもいいだろう。

もちろん嬉《うれ》しいことなのに、寂しくて堪《たま》らなかった。

もっと工事が長引けばいいのに、雨でも降って、手間取ればいいのにと願いもした。

だがそんな俺の気持ちとは裏腹に、テナントの連中も作者が忍足拓馬《たくま》であることや、ビルのオーナーが扇屋であることも手伝ってか、全てすんなり決まってしまった。

以前店の内装を手掛けた人間などは、『北条《ほうじょう》くんがやったビルなら入る価値がありそうだな』

なんて嬉しい言葉をくれる人もいた。

テナントの連中からの細かい内装注文書を持って忍足さんに会いに行くと、彼もまた嬉しい言葉をくれた。

「人を集めるのも才能だ。変わったヤツだが仕事はいいんだな」

この人が褒めるのはいつも仕事のことばかり。それに『変わったヤツ』の意味がわからないけど、印象は少しずつ良くなってるような気がする。

「俺だけの力じゃないですよ」

「どうかな。あのボンボンが動くだけじゃこれだけの店は集まらなかったんじゃないか」

「忍足さんのビルって強みもありますす」

複雑な思い。

進むことも退くことも出来ない袋小路のよう。

ビルは造る、彼ときちんとした仕事をしたいから。けれど完成が早まることを心からは望めない。

そうしている間にもあの奥の窓は、下から段々と積み上がってゆくレンガに彩られて美しい窓になった。

中庭のひな壇にはタイルが敷き詰められ、曲線を多用したラインは、立体になると直線の中にその優雅な曲線を隠し、ビルはシックでモダンな姿に化粧されてゆく。

物が、出来上がってゆくのを見るのは好きだ。

それが料理でも絵でも、何であっても。

何もないところから生まれ、他人の目に触れる形を作ってゆくのは不思議な快感がある。

けれど…。

「窓はアーチ型だからレンガの積みに苦労しますね」

「あの親父も今度は意地になって丁寧にやってくれるだろう。何ならその時もハンマー持って来るかな」

「逆なでしますよ」

「もう片方の手に酒ビンでも持ってりゃいい」

「アメとムチですね」

「人を使う原則だ」

けれど、今回ばかりは…。

一度はダメだと思った忍足さんとの関係が良くなってゆく気がすればするほど、『このままでいいじゃないか』という気持ちになった。

穏やかに、付かず離れずで。

「北条、スキンロードに多少誤差が出てるから、空調をもう少し直したいんだが、日にちの調整はつくか？」

「透過日射ですか？　窓外壁貫流ですか？　それとも透間風？　工事全体をやり直せって言うなら少し時間を下さい。報告する先が一杯あるので」

「透過日射だ。思ったよりここは日当たりがいいから、今のままの空調だと負荷がかかりそうだ。寒い時に始めた工事だったからな、俺のミスだ」

「自然を読むのに長《た》けた忍足さんなのに」

「抜かせ。ガラスを少し色の付いたものに換えたい」

「発注は済んでるんでそんなに融通はききませんが、それなら何とか」

「色を付けるだけだ。原価の変動は押さえとくよ。だが空調のバルブは一つ上にしたいな。パイプも」

「必要ならやります。交換箇所を早目に教えて下さい」

「壁を壊さないで済む場所だけに限定しよう」

完成途中のビルを見上げて交わす会話。

忍足さんの声が柔らかく響く。

「北条。お前この間、また俺と仕事をしたいと言ってたな」

もう一度、あの腕に触れてもらいたいという気持ちを隠して、にこやかに笑う。

「え？　ええ」

「考えてやってもいいぜ。この仕事がちゃんと終わったらな」

「本当ですか？」

これ以上、何を望むだろう。

この言葉にこんなにも簡単に幸福を感じる自分なのに。

「嘘を言っても仕方ないだろう」

欲望に果てがないから人は前へ進む。だが欲望が過ぎれば躓《つまず》き、転覆するものだ。

「まあ、その話は今度だ。俺はすぐ帰って書き換えしてくる」

「はい」

発注書を書き直すことも、業者に頭を下げることも、他の仕事より多かったが、それを厭《いと》うこともなかった。

もし未だにカメラを構える趣味があったら、きっと過ぎてゆく一秒、一秒を留めていただろう。

せめてこのままの静かな終焉《しゅうえん》を。

臆病なこの身に相応《ふさわ》しい程度でいいから、いい結末を。

それだけを願い、俺はただ一心不乱に働き続けた。

なのに、運命とか人生とかって長い道程の時間の中には、予期しないトラブルが幾らでも埋まっている。

嵐を過ごすようにじっと身を潜め、自分の欲望を殺し、真面目に働いていた筈《はず》なのに、俺はまたも選択を迫られることになってしまった。

それも、最低最悪な選択を。

『ムーン・ガーデン』もそろそろ終わりに近づいたという自覚がハッキリと固まり、そろそろ新しい仕事を探しに出歩くことを考え始めていた頃、俺はまた石原《いしはら》さんに呼ばれた。

今度は会社にではない。

ごく内密に話したいからという理由で、指定するホテルに呼び出されたのだ。

そこは高級なシティホテルだったから、誘いに一瞬吉田の『悪い噂』のことも考えないではなかったが、とりあえず快諾して向かうことにした。

約束は夕方の六時。

仕事の話をするには少し遅い時間。

だが彼の会社が終わってからだと思えばさほどおかしい時間でもない。

俺は場所に相応《ふさわ》しい程度の格好をして、ホテルを訪れた。

壁面にレンガをあしらった古い造りのラウンジ。

広い喫茶のスペースの、入り口からすぐの場所で彼はタバコをくゆらせていた。

彼がタバコを吸っているのを見るのは珍しい気がする。だがそれが彼が何かの代償行為を求めるほどイラついている証しのようにも思えた。

「お待たせしました」

定刻より五分早かったのだが、相手の前にコーヒーのカップが置かれているのを見て俺はそう言った。

「いや、時間通りだ」

と言う石原さんは笑ってはいない。

「今日は何の用です？　こんなところでなんて」

「もちろん、仕事の話だ。ただ人に聞かれたくなかったのでね、会社を避けたんだ」

「副社長室なら人に聞かれることはないでしょう」

「君を何度も呼び付ければ周囲もトラブルかと勘ぐる。それが嫌なんだ」

神経質な言葉だった。

別に何度呼ばれようと、綿密な打ち合わせをしていると言ってしまえばそれまでなのに。それとも、彼にはそんな簡単な建前も述べられないほどゆとりがないのだろうか。

「君は何も頼まなくていい。上に部屋を取ってあるから来なさい」

ウエイトレスが俺の前に水を置くのと同時に、彼は立ち上がった。

嫌な予感がする。

これは相当な覚悟をしておいた方がいいだろう。

だが考えてみても、彼をそれほど苛立たせるような事象は思いつかない。

俺は黙って石原さんの仕立てのいいスーツの背中について行った。

エレベーターで運ばれ、厚い絨毯《じゅうたん》の敷き詰められた客室フロアへ。迷いなく進む石原さんは、そのまま一つのドアの前で止まると、ポケットから出したキーでドアを開け、俺を先にと招き入れた。

部屋は、普段自分が使うようなベッドに占領された一般的なものではなく、応接セットが広くスペースを取るエグゼクティブ・スイートだった。

窓の外には都心の夜景が見える。見事なほど美しい光の絵画だ。

「座りたまえ」

彼は背後からキュービックな応接セットの椅子《いす》を示した。

言われて腰を下ろすとレザー張りの椅子の座り心地はふかふかで、この部屋の高さを物語っていた。

応接セットとベッドの距離が広くとってあるとはいえ、話し合いの場所にベッドが置かれているのは妙に不自然な感じがする。だがそれをどうこう言う雰囲気ではなさそうだった。

「何か飲むかね？」

「いえ、結構です。それより、お話というのは」

申し出を断ると、石原さんは備え付けのミニバーで自分の分だけ水割りを作り、それを片手に向かいの椅子に座った。

「仕事の話、とおっしゃいましたが」

「そうだ。仕事の話だ」

「何かトラブルでも」

「それはこっちが聞きたい」

「は？」

石原さんは唇を湿らせるようにアルコールを口に含み、俺を睨《にら》んだ。

「君は以前私に自分を信用して欲しいと言ったね」

「…申しました」

「私はそれを信じて、君に任せた。だがどうだ、決算書を見せてもらったが、君はまた工事の手直しをしてるようじゃないか」

「手直し…ですか?」

「それとも、あれは君の知らないことなのかね」

「何のことでしょう」

「空調だ。ほぼ完成した後に配管やらバルブやらを変更しているじゃないか」

ああ、それか。

俺は彼の不快の原因がわかって少し安心した。

「はい、それでしたら納得してます。変更の必要性があったので、認めました。あの時にちゃんと石原さんにも報告した筈《はず》ですけれど」

「聞いてない」

「そんな。スキンロードが出るようなので、より良い形に変更したいと申しました」

「スキンロードというのは物の形じゃないのか?」

「空調の負荷のことです。色々な要因で、設置した空調では体感温度が高いので、それを下げるためには空調に負荷がかかるんです。ですからそれが無理ないものになるように一部変更したんです」

「それは計算のミスか」

「違います。現状でも稼働可能ですが、長く使い続けるためには機械に負担がかからないようにしたかったんです。その方が後になって機械を全て取り替えるというようなことが起きませんから」

「だがそんなもの、最初からわかるべきだろう」

「自然環境はやってみなければわからないこともあります。忍足さんはそういう細かいところまで注意して完成させたいと思ってるんです」

彼はまたグラスに口を付けた。

入れてある氷が軽い音を立てて回る。

「また忍足か。変更は忍足が言い出したことなんだな」

「…そうです」

気まずい沈黙だ。

彼の頭の中で何かが回っている。

どうやらそれはあまり歓迎すべき考えではないように思えた。

「レンガの時のトラブルも彼だったな」

やっぱりそっちへ話が行ったか。

「どちらもより良いものを作るための努力です。それに認めたのは自分です」

「私が聞いてるのは言い出したのは誰か、だ」

「言うべき必要があったから言っただけです。それに気づいた彼は一流の建築家です」

「だが一流なら、そういうものは先にわかるもんじゃないのかね」

「途中でわかったことに対して、その都度対処するのが一流だと思います」

「詭弁《きべん》だな」

「そんな」

石原さんは背中を深くもたせかけ、ネクタイを緩めた。

そのまま何も言わず、ただじっとグラスだけを眺めている。

次に発するべき効果的な言葉を探しているかのように。

何かを言うべきなのだろう。この流れを変えるような何かを。だが俺には彼がよくわからなくなって来た。

こちらから何かを言えば言葉尻を取られ、更に悪い方向へ持って行かれてしまいそうな、そんな気さえする。

途切れたまま会話を再開する糸口を見つけることができず、膠着《こうちゃく》状態が続く。

俺も一杯貰《もら》えばよかったかな。

こんな場所では他に取る行動もないから手持ち無沙汰だ。

けれど石原さんが二杯目を作りに立ち上がった時も、俺は自分の分を頼むことはしなかった。

「私の元に届けられた書類は、全て本社の会議でチェックされる。以前にも言ったと思うが、今回の計画は私にとって試験なのだ」

行儀悪く、彼は立ったまま二杯目を口に運んで言った。

「今のところ順調で、私にとってはいい風が吹いている。だがこう何度も工期の遅れに響くようなことがあったり手直しが入ると、逆風も吹きかねない。私はそれを心配しているんだ、わかるだろう」

さっき緩めたネクタイを外し、無造作にベッドの上に放り投げる。

ベッドはツインだった。

「完璧でなければ、どこにでも付け入る隙は出来る。君のような個人経営の者にはわからないだろうが、会社というものは全てが味方なわけではない。離れられない共生関係にありながら互いに足を引っ張り合っている。社長の椅子をねらう者にとって、私のミスは甘い餌《えさ》だ。私は自分から敵に餌を撒《ま》くような真似はしたくないんだ」

ベッドへ座るかと思ったが、彼はまた椅子の方へ戻って来た。

「忍足は、我《わ》が儘《まま》な男で、私には危険だ」

「そんな。彼がいたからこその成果ですよ」

「君の頑張りだろう」

「違います。あれは忍足拓馬《たくま》の仕事です。あれは彼の作品です」

自分の好きな人を否定されて、ついカッとなってしまった。

あんなにも真剣に取り組んでいる姿を、ミスのとり繕いと見なされて、頭に血が上った。

「彼がいなければあのビルは出来ませんでした」

だから、言わなくてもいいセリフまで、ついポロッと零《こぼ》してしまった。

「忍足がいなければ？」

はっとして口を噤《つぐ》む。

「あれは『私の』ビルだ。君のでもなければ忍足のものでもない」

ピシャリとした言い方に、自分が彼の逆鱗《げきりん》に触れたことを知る。

「君達は所詮工事人でしかないんだぞ。それを、何をいい気になってるんだね。私の計画、私の土地、私の資金。君達が携わらなくてもビルを建てることは可能だが、私がいなくては出来上がらなかった。違うかね」

パーティの席で、自分に声をかけた颯爽《さっそう》とした紳士は、もうどこにもいなかった。

ここにいるのはただ自尊心を傷つけられたと思い込んでいる金持ちのボンボンだ。

頑張って、努力して、自分の夢を実現させたいという言葉は詭弁でしかなかったのだ。彼が求めていたのは『二世』という肩書で見下ろされる自分の地位を、何とか上に上げようとする飾りでしかない。

それがどんなものであってもいい。

気になるのは自分にとってプラスかマイナスか、それしかない。

「残念ながら、契約がある以上忍足を今から降ろすことは出来ないだろう。彼の名前にはある程度の価値があるのは私も認めるところだ」

石原さんはまだ大分残っているグラスの中の酒を一気にあおった。

「だが君は、降ろすことも可能だ」

「何ですって?」

突然の言葉に、思わず俺は腰を浮かせた。

「例えば、の話だ」

俺の驚きを見て、彼は満足そうな笑みを浮かべる。

獲物を見つけた獣のような、賤《いや》しい顔。

「建築プロデューサーなんて大した肩書をつけてはみても、所詮は口入れ屋と一緒。日本での地位は単なる仲介業に過ぎない。それは君もわかってるんだろう」

その通りだ。

アメリカ等ではデベロッパーと言って、その地位が確立されているが、日本では未だにはっきりとした職種として認められていない。

過去には事業計画の提案、外国人の建築家による設計指導の導入、そのための交渉、契約から事業参加企業の呼びかけ、交渉までさせられながら、その扱いはテナント斡旋《あっせん》業者としてしか見られず、報酬も微々たるものであったという実例がある。

せいぜいがとこ、商業コンサルタントとして扱われているのが現状と言えるだろう。

今回、自分の仕事は実際事業計画の提案、建築家の斡旋と契約、施工各社の斡旋、テナントの呼びかけと契約。それだけのことをしている。

だが書面上は『建築プロデューサー』というあやふやな位置づけでしかなく、他の職種のように公的に認められるものではない。

つまり、忍足さんを外すには違約金など面倒な手続きが必要だが、俺の方は過去の実例と同じように『斡旋業』もしくは『コンサルタント』として完成にかかわりなく外すことは可能なのだ。

「石原さん…」

俺は、彼を信じて書類に自分の仕事内容を明文化しなかったことを悔やんだ。

「あなたは…」

「そんな顔をしなくてもいい。私は単に一つの例を口にしているに過ぎないのだから」

この状況でそれを脅し以外のセリフに聞こえるヤツがいたら会ってみたい。

「ただ君があまり独走するものだから、ちょっとたしなめただけだよ」

よく言う。

自分のプライドを傷付けた者に癇癪《かんしゃく》を起こしたクセに。

「私は北条くんをとても気に入っている。めったなことでは外したりしないさ」

ではそのめったなことっていうのは何なんです。

「いいね。あれは『私の』ビルだ。そして君は『私の』ために仕事をする。忍足は単なる設計屋でしかない、そこらの工務店にごろごろいる輩《やから》と一緒だ」

違う、彼は唯一人の人だ。

他に替える者のない才能の持ち主だ。

「今回の、言動は君も反省しているだろう？」

俺は、答えなかった。

「個人事務所の人間がどれほど『仕事』というものを大切にしているか、私は知っている」

この前の一件では、『これは仕事だ』と心を偽ることが出来た。誰のために懸命になっているかをすり替えて口にすることが出来た。

「だから、君が謝罪してくれれば、今日のことはなかったことにしよう。君の失言も、空調の施工ミスも」

「あれはミスではありません」

「一度決定したことが覆ればミスだ」

「違います」

だが今日は、それが出来るだろうか。

「北条くん」

「それだけはハッキリ言っておきます。あれはミスではありません。現状に即して行った順当な判断です」

石原さんの眉がきゅっと吊り上がった。

「いいだろう。ではそれだけは聞いてやろう。だが私にとってマイナスな事象であることに変わりはない。それを償ってもらうには、それ相応のことを考えてくれ」

彼が、『いい人』などではなく、癇癪を起こすボンボンであるという吉田からの忠告は当たっていた。

ではもう一つも当たっていると言うことか。

俺は彼にわかるように視線をベッドへ向けた。

「つまり、俺に身体で謝罪しろということでしょうか」

冷たく言い放つ言葉に、彼は意外だという顔をした。それは俺が言外に含んだ彼への軽蔑の感情ではなく、相手が自分の望むことを察しているという驚きの顔だった。

「君も、私を憎からず思っているだろう？　素直に謝罪して私の下にくれば、君には幾らだって仕事を回してあげられる。どうだい、悪くない話だろう。大体、私は最初から君を気に入っていたんだ、あのパーティで見かけた時から」

その言葉は、石原氏が俺の実力で仕事をオーダーしたのではなく、彼の嗜好《しこう》に合った外見と若さを持っていたからだと言っているようだった。

「酒を、戴《いただ》いていいですか」

「いいとも」

不思議だ。

忍足さんに仕事を受ける代わりに身体を差し出せと言われた時には、こんな屈辱感はなかった。

どちらも大して違うことを言っているわけではないのに、言葉は受け手の感情でこんなにも違ってしまうものなんだ。俺は忍足さんが好きだから、『イエス』と簡単に答えることが出来た。だが石原氏を軽蔑し始めている今、俺は『イエス』と簡単に言うことなど出来ない。

「どうぞ」

グラスを渡され、俺は濃さも確かめず一気にそれを流し込んだ。少し強めに作ってあったのだろう、水割りは喉《のど》を焼いた。

あのビルは、自分と忍足さんを繋《つな》ぐものだった。

あの仕事が上手《うま》く終わったら、彼ともう一度組む可能性もあった。

プライベートな付き合いを何も残せない自分達の間で、あれだけが形として残る証しだった。

「さあ、北条くん」

けれど、石原の手が自分の顎《あご》を捉《とら》えようとした時、俺は迷いなくその手を払いのけた。

「北条くん？」

何でだろう。

俺は我慢もある方だし、仕事は大切にしてるし、目上の人に対する礼儀も心得てる。忍足さんとあのビルをちゃんと作りたくて、完成まであと一歩というところに来ているのもわかってる。

男なんだから、貞操なんてあんまり深く考えないし、俺が貞操を守ったからって喜んでくれる人がいるわけでもない。

なのに…

「…ざけんじゃねぇよ」

——腹が立った。

「触んなよ」

理由はそれだけ、腹が立ったからだ。

「北条くん？」

手にしていたグラスを思いっ切り壁に叩《たた》きつけて、俺は立ち上がった。

「そういう条件付けて人に脅しをかければ何でも通ると思ってるような人間と、仕事が出来なくなるくらい『へ』でもないさ。保身しか考えられない小心者に売る身体はない」

足をテーブルに掛け、ずっしりと重いそれを蹴《け》り飛ばした。上に載っていた空《から》っぽの灰皿がゴトンと落ちる。

「き…お前は、自分が何をしてるかわかってるのか！」

「わかってるさ」

わかってるから、俺は石原に向かってにっこりと、この上ないほど嬉しそうに笑ってやった。

「わかってるから、帰るんだよ」

手を伸ばし、行き掛けの駄賃とばかりに出しっ放しの酒のビンを摑《つか》む。

スクリューのキャップを開けて、中身をブチ撒けながら、ドアへ向かい、部屋を出る。

後ろでは、まだ、石原が何か喚《わめ》いていたが、ホテルの厚いドアを越えるほどの大声ではなかった。もっとも、あの男ではそんなみっともないことなど出来はしないんだろうが。

あの部屋を、明日ボーイに何と言って説明するだろう。テーブルは直せるが、砕けたグラスや酒の匂いは簡単には取れまい。

「はは…、いい気味」

空っぽになったビンを廊下へ落とし、俺は振り返らずに歩き続けた。


——Night and Day. You are the One.

『昼も夜も、あなた一人…』

忍足さんと寝た翌日、あの家を後にして俺は鼻歌を歌った。石原を拒んで帰る今も、俺は歌う。

夜も昼も、あなた一人。

選ぶのは一人だけ。

そしていつも、俺は後悔はしないのだ。

たとえどんなに悔しくとも。

選んだのはいつも自分でしかないから。


アパートの部屋へ戻るにはまだ時間が早いし、一人になって色々と考えるのもイヤだったから、俺はホテルのロビーから吉田に電話をかけるといつもの場所へ呼び出した。

もちろん、いつもの場所ってのは飲み屋だ。

何にも知らないから、友人は『奢《おご》ってやるよ』の一言ですぐにやって来た。

馴染《なじ》みの店だから、他にも飲み仲間の姿が幾つかあった。彼等も、俺等を見るとすぐに寄って来て、いつの間にか定番の話題に入る。

今何が流行《はや》ってるか、どこの誰が何をしたか。

それぞれの仕事の現状や、希望。

中には、俺が『ムーン・ガーデン』を斡旋した輸入玩具の店長もいて、その話題を俺に振って来た。

「今さ、あそこに出すための新しい品物取り寄せてんだ」

その言葉が胸に刺さる。

その商品を店に並べる頃、俺はあの仕事とは無関係な人間になっているだろう。

形にばかりこだわっている間に、残るものも、残らないものも、全て失ってしまったのだ。

自然上がる酒のピッチに、友人達は手を叩いて囃《はや》し立てた。

俺の手掛けている仕事がそろそろ終わりに近づいていることも彼等は知っていたから、そのせいで俺が開放的になっているのだろうと勝手に解釈していた。

「いいのか、明日に響くぞ」

「いいんだ。明日は仕事ないから」

「そろそろ終わりだもんな。やっと手が抜けるんだろ」

「何言ってんだ。最後の最後ってのが肝心なんだぞ」

「そうそう、最後で手を抜くとみんなズッコケちまうからな」

「石橋を叩いて渡る、だ」

その通りだよ。

俺だって、つい昨日までこんなことで躓くなんて考えてもいなかった。

今日も明日も、ちゃんと全ての終わりまで、自分が頑張ってさえいれば仕事が続けられると信じていた。

だが結果はこうだ。

カウンターの端っこで、何杯目かの水割りを飲み干した後、俺は吉田にだけそっと囁《ささや》いた。

「お前の噂、正しかったよ」

俺に忠告したことすら忘れたのか、喧噪《けんそう》で声が聞こえなかったのか、吉田は『え?』と言う顔で聞き返してきたが、それ以上は何も言わなかった。

言ったからといって、どうにかなるものじゃないだろう。

結局、俺はその店の閉店まで飲み続け、友人達の何人かは二次会に流れて行った。

「北条も来ないか。どうせ明日はないいんだろ」

酔いは、まだ足りない気がした。

『クローズ』の看板が掛けられるドアの前、酔っ払いの集団を人々は避けて通る。

「うーん、そうだなぁ」

「来いよ」

誘う中には気に入ってる友人もいた。

「…いいや、やめとく」

けれど俺は誘いを断った。

「行きたいトコがあるんだ」

「何だ、新しい店か?　そんならそっち へ流れてもいいぞ」

「いや、ちょっと人に会いに行くんだ。悪い、またな」

明日になれば、全てを失ってしまう。

まあ、色々手続きとかもあるだろうから、すぐにってワケじゃないかも知れないけれど。それでもやっぱり自分の手の中にあるものは失われてゆく。

それなら、行きたい場所があった。

俺は近くの酒を扱うコンビニに飛び込むと、適当に何本かのバーボンとビールを買い、タクシーに乗った。

『会いたい人がいる』

嘘ではないが、笑っちゃう言葉。

そう、会いたくて会いたくて堪らない人がいる。

けれど会いに行くのは彼であって彼ではない。

都心の繁華街から車で二十分。街のネオンは走行距離と共にまばらになり、街灯ばかりが目に付くような道を進む。

「そこを左に曲がると駅なんで、そこで止めて下さい。その先は行き止まりだから、ここでいいです」

シャッターの降りた駅前で車を捨て、徒歩に切り替える。

昼間と全く違う顔をした夜中の街をふらふらと進むのは『あそこ』へ行くためだ。

コンビニの前を過ぎ、シャッターの下りたイタリアンレストランの前を過ぎて子供服の古着屋の向こう。

工事用のホロの張られた大きな空間。

完成間近の『ムーン・ガーデン』へ。

もちろん職人の一人も残っていないひっそりとしたその場所へ、ホロをめくって入り込む。

工事の道具箱の中から取り出した懐中電灯を点《つ》けて、エントランスから中庭へ、そしてあの窓の下へ。

「ナイス…」

月は、丁度窓の中に入りはじめたところだった。

「…忍足さん」

彼には会いに行けなかった。

だから、彼の影に会いに来た。

夢と同じように、ひんやりとした壁に手を伸ばす。寄り添うように頬を寄せると、その感触は泣きたいほど心地好かった。

ずるずると壁にもたれかかりながらタイル敷きの床へへたりこむ。持って来た酒のビンが、コンビニの袋の中でガチャンと小さな音を立てた。

「工事が遅れろなんて、思わなきゃよかったなぁ…」

そうしたら、こんなトラブルが起きる前に完成した姿を見ることが出来たかも知れないのに。

我慢、するべきだったのではなかったか。という声も心のどこかにあった。身体を差し出せとは言わないが、何とか頭を下げて許してもらうべきではなかったか、と。

それが出来なかったのは、石原に頭を下げることによって全てを汚してしまうことになると思ったからだ。

自分の仕事に対する気持ちも、忍足さんに対する気持ちも。そして何より、ここを造るために懸命に働くあの人の努力を、あの男の狭量な欲望で泥だらけにしたくなかったのだ。

「違うかな…。俺と忍足さんのたった一つの『思い出』になるものを、汚されたくなかったのかな…」

窓からのぞく月が、教会の十字架よりも荘厳に見えるから、俺は真実を口にした。

「我慢して造っても、ここに来る度自分のみっともない思い出を突つかれるくらいなら、納得がいってるうちに離れた方がまだいいと思ったのかも…」

そうすれば、何度でも俺はここを訪れ、彼を思い出すことが出来るから。

俺はズボンのポケットを探り、携帯を取り出すとメモリーの０８９を押した。

それは彼の事務所に繋がる電話だ。

コールして、出なかったらそれだけにしようと思っていた。けれどももしも彼が出たら、最後の最後で俺は一ヵ所だけズレてしまった場所を壊してでもやり直したいと思っていた。

耳の奥、コールの音が響く。

一回、二回…。

五回目で音は途切れ、替わって今一番聞きたかった人の声が流れて来た。

『忍足です…』

少し眠そうな声。

「どうも…、北条です。寝てました?」

『いや。何だ、こんな遅くに』

好き、とは言えなかった。まだ怖くて。

でも彼が自分を認めてくれた仕事での信用まで手放すことは出来なかった。

「実は、俺この仕事降ろされることになりまして、それを伝えようと…」

『降りる?』

「降りるんじゃありません、降ろされるんです。何にも言わないでいると、仕事を勝手に放り出したと思われるから、そこんとこだけちゃんと言っておきたかったんです」

『どういうことだ』

「どういうことって、それだけなんです。今日、石原さんに言うこと聞かなきゃやめてもらってもいいって言われて、言うことが聞けなかったから、降ろされるんです」

『それじゃわからないだろう。ちゃんと説明しろ』

説明、出来る筈がない。

きっと信じてもらえない。

だって、俺はあなたと組むためには言うことを聞いた人間なのだから。

「本当に残念です。こんなに奇麗に出来たのに、月だってちゃんと輝いてるのに」

夜の闇は、これから嫌いになるかも知れない。

暗い場所はスクリーンのように過去を映し出すから。

初めて忍足さんの図面を見た時とか、あの人の写真を手に入れた時とか、出会った時、抱かれた時、認められた時。

そしてついさっきの嫌なことも、みんなみんな浮かんで来るから。

「…後悔しないけど…悔しい。ああしなきゃ良かったって…思わないけど、悔しいです」

忍足さんの顔を思い出すと、いつもの無表情な横顔が浮かんだ。

『北条？　おい、泣いてんのか？』

暗い闇のスクリーン一杯に、カッコイイ真剣な横顔。

「泣いてません。酔ってるだけです」

あの顔を、もっとずっと見ていたかった。もし後悔があるとすればただそれだけ。

『今、どこにいるんだ?』

「どこでもないとこです。いずれキチンとした書類が扇屋の方から送られて来ると思いますし、俺も引き継ぎとかちゃんとしますから」

『北条!』

「それでは、突然夜中に失礼しました」

『ほう…!』

良かった。

最後に何度もあの声に名前を呼んでもらって。

不器用で変な恋だったけど、恋自体に悪い思い出が一つもないまま終わりに出来て。

仕事だけはちゃんとしたかった、って伝えることが出来て。

「最後に嘘ついちゃったなぁ…」

涙を拭《ぬぐ》いながら、俺は白いビニールの袋の中からビールを取り出しプルトップを引き上げた。

カシュッという小気味いい音が何もない空間に響く。

それが何だかひどく切なかった。

「俺、やっぱ泣いてたわ…」


最後に飲んでた店は十二時閉店だった。

んでもって、タクシーでここへ来て電話かけて、酒飲んで。

だから多分もう真夜中過ぎって時間だったと思う。

なのに静寂そのものの夜の街に、近所迷惑なほどカン高いブレーキの音が響き渡ったから、
俺は酔いにまかせてウトウトとしはじめていた瞼《まぶた》をこじ開けた。

マズかったかな、やっぱりこんなところに入り込んで。

ここいらにこのビルより高い建物はないから、ホロの中にいれば誰にも気づかれないと思ってたのに。ちゃんと懐中電灯もすぐ消したのに、警察に通報されちゃったんだろうか。

それとも流行《はや》りの暴走族か何かだろうか。ここらにもそういうのがいるんだろうか。

一瞬、身を硬くして物音に聞き耳を立てる。

目をやった正面のホロがガサリと動くから、俺はまだ半分以上残っているバーボンのビンをぐっと握り締めた。

「北条《ほうじょう》、いるんだろう」

声。

「いるなら返事をしろ」

飲み過ぎて、幻聴を聞いてるんじゃない。

揺れたホロがすぐにめくれて、長身のシルエットが現れる。

白く浮かぶTシャツと闇に沈む顔。

「北条」

暗闇《くらやみ》に目が慣れていないのか、遠くて見えないのか、正面に座っている俺を見つけられず彼は辺りを見回した。

「返事をしろ！」

「はいっ！」

声を上げると、相手はこちらを向いた。

懐中電灯をとってスイッチを入れ、彼に向ける。

光の輪の中に浮かび上がったのは、信じられないけれど、思った通り忍足《おしだり》さんだった。

「…忍足さん…」

大股で階段を駆け上り、白いシャツは俺の目の前に立ちはだかった。

「…何でここに」

どこにいるかは言わなかったのに。

「お前、電話で言っただろう。『こんなに奇麗に出来たのに、月だってちゃんと輝いてるのに』って」

「それだけで？」

「それだけ言われりゃあ十分だ。そいつを消せ」

顔に当てられる懐中電灯の光を指して、彼は命令した。

俺がこの人に逆らうことなんてあるんだろうか。

この人の言葉にはいつも魔力がある。考える間もなく言う通りにしてしまうという。

「はい」

言われるまま明かりを消すと、周囲はすぐにさっきまでと同じような闇に沈んだ。

「…酒臭ぇな」

「すいません、飲んでたもんで」

「それで」

忍足さんは膝《ひざ》を立て、しゃがみこむと顔を寄せて来た。

「何がどうなってるんだ」

正面から、こんなに近寄られたのは初めてで、胸が鳴った。こんな時なのに。

「あの、何が…」

「何がじゃねぇだろう。電話で言ってたことだ。仕事を降ろされたってのはどういうことだ。石原《いしはら》に何を言われたんだ」

怒っているから大きくなる彼の声が、がらんとした空間にわぁんと響いた。

「あの、声高いと誰かに聞こえるかも」

これだけ近いと暗くても表情は見える。

彼は憮然《ぶぜん》とした顔で声を潜めると、同じ質問を繰り返した。

「…何があったんだか言ってみろ」

「言ってみろと言われても、別に」

「別に？　完成間近でプロデューサーが仕事降ろされるなんてどんなポカしたんだ」

「ポカなんかしてません」

「じゃあ何だ。石原の言うことを聞けなかったとか何とか言ってたけど、クライアントから無茶な注文でもされたのか」

「仕事の注文ならちゃんとやります」

「じゃあ仕事以外のことを言われたんだな」

これではまるで誘導尋問だ。

俺は暴漢対策に握り締めたバーボンのボトルを持ち直し、キャップを開けるとグビリと飲んだ。

「ばか、何やってんだよ」

取り上げられた拍子に二人の服に酒がかかり、ぷんとアルコールの匂いが漂う。

「う…」

「あ、すいません」

「…酔っ払いが」

「俺にだって、酔わなきゃいられない時だってあります」

「だから、聞いてやるって言ってるだろう、何度も言わせるな。『何があったんだ』？」

彼は最後の一言を区切るようにして強く発音した。

俺は、何てお手軽な人間なんだろう。

それだけで、嬉《うれ》しくなれるなんて。

「俺に…ハンマーくれます？」

「あ？」

「ハンマーくれたら、全部話します」

忍足さんは、いつもの無表情な顔のまま俺を見下ろした。

彼のが背が高いから、いつもこの人は前屈みに俺を見る。そのせいで少し長い髪が顔を隠して感情が読めない。

でもきっと、この酔っ払いは何を言ってるんだと思っているだろうな。俺が欲しい、ズレたところを叩き壊してやり直す勇気のハンマーの意味なんかきっとわからないんだろうな。

「お前が何を言ってるんだかさっぱりわからん」

ほらね、でもそれで当然だろう。

「だが欲しいものならくれてやるから言え。俺はゴチャゴチャと隠されるのは嫌いなんだ」

当然なのに、彼はそこで言葉を切らなかった。

わかんない筈《はず》なのに、変なことを言ってる筈なのに、彼はちゃんと答えをくれた。

「…ホントにくれますか?」

「ああ。何でもやるよ」

「じゃあ全部言います」

俺は子供みたいにじっと彼の顔を見つめた。

「今日、石原さんに呼び出されて、文句言われたんです。変更箇所が多過ぎるって」

彼の、見えにくい目をじっと見ながら、少しも視線をずらすことなく訥々《とつとつ》と語り続けた。

より良いものを造るために行った変更を、彼がミスと言い立てたこと。保身に走り、仕事のミスが増えれば自分の責任だと怒り、忍足さんを侮辱したこと。それにカッとなってつい、このビルは忍足さんの作品だと言い切ってしまったこと。

それを聞いた石原は更に怒り、これは自分のものだ。工事の関係者なんか幾らでも取り替えられる。特に建築プロデューサーなんて曖昧《あいまい》な肩書の自分は、いつだって放り出すことが出来る。そう言って脅しをかけて来たこと。

「それで、お前に何を要求したんだ」

「謝罪と身売りです」

「身売り？」

「はあ、俺小柄だからそういう人間に目を付けられやすいのかも知れないですね」

「そういう人間って、石原はホモだったのか」

「何か吉田《よしだ》の話だと両方イケル口だそうです。確か婚約もしてるって言ってました」

「なのに身体を売れって言ったのか」

「はあ、でも嫌だったんで、グラス投げ付けてテーブル蹴飛《けと》ばして、啖呵《たんか》切って帰って来ちゃいました。だから絶対もう仕事、降ろされるんです」

忍足さんはじっと俺を見た。

前髪を掻《か》き上げたから、その目がちゃんと見えた。

「何でそうしなかったんだ。一回寝れば仕事を降ろされなかったんだろ」

ああ、これは俺が自分に身体を任せたのにって言葉を飲み込んでるな。

「嫌だったからです。俺、これっぽっちも石原さんに抱かれたいなんて思わないから」

「…それじゃあ俺には抱かれてもよかったって聞こえるぞ」

「はい」

一つずつ、壊してしまおう。

「俺、忍足さんは好きですから、いいと思ったんです。でも石原さんは好きじゃないから嫌だと言ったんです」

きっとこれで最後だと思う。この人とこんなふうに話せるのは。仕事というたった一つの繋《つな》がりもなくなってしまうのだから。

「それに、せっかく忍足さんと造るこのビルを、そんな形で思い出したくもないようなものに変えたくなかったんです」

言えなかったこと。脅えていたこと。その全てにハンマーを振り下ろす。

あの時の、この人のように。

「それは、建築家としての俺に憧れはあるが、石原には魅力がなかったってことか」

「半分そうで半分違います。忍足さんから申し出があった時は、憧れの人と仕事が出来るならセックスくらいしてもいいと思ったからだと思いました。でも…」

「でも？」

「でも本当は忍足さんが好きだから、恋してたからOKしたみたいです。石原さんには恋してないから、断った」

「…お前、酔ってるな」

「はい。でも間違ったことも嘘も言ってません」

彼はひどく複雑な顔をして、さっき俺から取り上げたバーボンを口に含んだ。

「むしろ酔って勢いもあるし、最後だから、全部本当のことを言おうと思って。迷惑なのはわかってるんですけど、ついでだから最後まで聞いて下さい。俺、もう一度忍足さんに抱かれたいと思うほど、あなたのことが好きです」

カチン、と心の中で最後のレンガが壊れる音がする。

「そうなんです。俺、ずっとあなたが好きだったんです」

男の人、相手に出来るんですよね。一度は興味を持ってくれたんですよね。それなら、これからも時々遊んでやる、くらい言ってくれますか？

もう一度このレンガを組み直して、奇麗に仕上げたい。結果がどうあっても、ズレたままではなく、本当の形に戻したい。

最後の勇気。

ささやかな願い。

だが彼の返事は、俺の予測していたどんな答えとも違っていた。

「ばかばかしい…」

「そんな俺、真剣に…!」

「俺だって、ずっと昔からお前が好きだったんだよ」

そんな信じられないものだった。


初めて、彼の作品を見た時のことはよく覚えている。

あれは吉田が誘ってくれた畑山《はたけやま》教授という人のゼミだった。

吉田を飲みに誘うつもりで掛けた電話で、彼に『ウチの講義を覗《のぞ》きに来ないか』と誘われたのだ。

何にでも興味を持つ頃だったから、チャンスとばかりに俺はすぐ彼のキャンパスへ向かった。

あまり広くない教室。

先輩と呼ばれる何人かの人と吉田の友人達。

ナントカいう名前のゴマ塩頭のおっかない教授が一説ぶってから始まったディスカッション。

俺は、教室の一番後ろの席で彼等の声を聞いていた。

「自然という不定形を常とするものと箱としての幾何学的な住居の同居を求めるのは簡単じゃないと思う」

「アクソノメトリックで描いた建築はたとえ直線的に見えようと柔軟性はあると思うな」

「そういうのはモダニズム幾何学と呼ぶべきだよ」

「ミース・ファン・デル・ローエの『ファンワース邸』なんかいいよな」

「フィリップ・ジョンソンの自宅もな」

彼等の会話する言葉の意味は、今ならわかるが当時の俺には全くもってチンプンカンプンだった。

だから、つい持っていたレポート用紙に、書き取れるだけ書き取って、わからないところはあとで吉田に聞こうと思ってチェックを入れていた。

幾つかの例として次々と注目を浴びる設計図や模型。

どれもこれも、講義に利用されるだけあって見事なものばかり。

だが俺は講義が始まる前にチラリと見た『T・O』のサインが入ったヤツが、やっぱり一番だと思っていた。

あれが一番美しい。

あれだけが、俺に感動を与えてくれた。

誰が造ったのかはわからないが、強く心惹《ひ》かれていた。

あの美を理解するためには、きっとこの連中の話を聞いていた方がいいのだろう。彼等は理解する力を持って鑑賞している人間なのだから。

走らせるペンの音。

それを聞いていたのか、俺と同じように後ろの方でずっと黙りこくっていた背の高い長髪の男がこちらを見て一言言った。

「興味があるなら前へ行ったらどうだ」

低いボソリとした声。

親切で言ってくれた言葉だったのだろう。けれどこの学校の学生ではない自分には、困ってしまう一言だった。

「すいません、俺、友達にくっついて来たモグリなんです」

まさか他校生だとまでは言えないから、適当にその辺はごまかして、このゼミは取ってないけど、ここの学生ですみたいな顔をしてペコリと頭を下げた。

すると彼はじっとこちらを見て、また黙ってしまった。

見逃してやるから好きにしろ、と言うように。


「それが俺だよ」

忍足さんはタメ息をつきながら言った。

「人前に出るのが面倒だから、作品は貸してやったが後ろに引っ込んでたんだ」

そう、だよな。

彼の図面があったのだから、その場に彼がいてもおかしくはない筈だ。

だが今まで一度も考えたことはなかった。

いや、考えたとしても、顔など知らなかったのだから彼と出会っていた可能性など、ゼロだと思っていた。

だがたった一人、あの教室で言葉を交わした相手が忍足さん本人だったとは。

「あの時、後ろに引っ込んでるわりには熱心にノートを取ってるヤツがいるなと思ってたんだ。ディスカッションに燃えるヤツはいても、真摯《しんし》にメモを取るってのは珍しかったからな」

「でも、あの時の人はもっと髪が長くて…」

「悪かったな。若い頃はそういう時もあったんだ」

「俺、あの時に忍足さんの図面とか見て、すごい人だと思って、ずっと憧れてたんです。あの時はサインが『T・O』としかなかったから、誰だかわからなくて、吉田に調べてもらったんです」

「こっちは、もう一度お前に会おうと思って行きたくもねぇ大学に何度も顔を出してたよ」

「俺に会うために？」

「…そうだよ」

これは、夢かも知れない。

きっと夢なのだ。

「講義が終わってすぐ、お前が吉田と話してんのを見たからあいつの友人だってことまではわかったが、まさか他校生とはな」

忍足さんがここへ現れた時から、都合のいい夢を見ているのだ。

「仕方ねぇから、ＯＢ会で吉田に会った時あいつに繋ぎつけて、何とかお前のことを聞こうとしてたんだ」

「でも、俺と会った時、全然そんなこと…」

「だからモーションかけただろう」

「モーションって、身体で代価を払えってあれですか…？」

「お前が引いたら、ジョークだって言って、その代わり付き合わないかって言うつもりだったんだ。だから笑いながら聞いただろう。ところがお前ときたら簡単に抱かれるから、これはてっきりあの時から時間も経ってるし、男慣れしたヤツだったんだと思ったんだ。こういう方法で仕事を取るようなヤツだと。…初めてでもないって言ったしな」

確かに聞かれた。

「セックスは初めてじゃありません」

あの時の質問の意図はそれだった？

「男は」

「初めてです」

「吉田とは？」

「吉田？　友達です」

吉田…あの最中にも出た名前。そう言えば『今更』とか、『暫《しばら》く使ってない』とか、『今夜は俺が』とかそんなことも言っていた。あれはもしかして自分が既に吉田とそういう関係だと思っていたってことだったのか？

忍足さんはバリバリと乱暴に頭を掻いた。

「ひょっとして、吉田と俺を…」

「初めてじゃないなら、一番身近な人間が相手だと思うのは当然だろう。ましてやあのヤローはお前のこと可愛いとか力説するし」

夢でも、これは極上の夢だ。

「あいつ、俺が忍足さんに憧れてると思ってるから、一生懸命褒めといたって言ってました」

絶対に覚めないで欲しい。

「それに、俺は…その…受け入れることだって出来なかったじゃないですか…」

「男は女と違う。暫く使わなきゃ処女と一緒だ」

「じゃあ、俺を変なヤツって言ってたのは…?」

もう一生眠ったままでもいい。

「吉田って男がいるのに、仕事を取るために簡単に男と寝る。なのに仕事には真面目で熱心ときたら誰だって変なヤツだと思うだろう」

この幸福が続くのならば。

「…とんだ回り道だ。クソッ…」

俺はゆっくりと手を伸ばして毒づく彼の細い顎《あご》に触れた。

レンガより、タイルより、ずっと触り心地が良くて、温かい肌。

影ではなく、現実の、実体の、忍足拓馬《たくま》。

「俺のこと、好きですか？」

細く切れ上がった奇麗な目。

仏頂面が消えて、一瞬固まる。

「俺は、好きです」

それからゆっくりと、わずかに笑顔になり、また無表情になる。

「ああ」

彼が手放した酒のビンが音を立ててタイルの上を転がってゆく。けれど俺はそっちを見ることはなかった。

もっと間近に、もっと見ていたいものがあったから。

「好きだよ」

と動く唇。

それだけを見つめていた。

「今度は取引するもんはないが、その身体、差し出すか？」

「俺、仕事降ろされたって言ったじゃないですか。だからそんなの関係ないです」

あの時、一度も重ねられることのなかった唇が、そっと触れる。

「酔った勢いでそう言うなら、酔いが覚める前に確かめさせてもらうぞ」

「酔ってるから勇気が出たけど、素面《しらふ》でも同じことは言えます。でも…」

彼の身体の重みを再び感じることがあるとは思わなかった。

「…今でもいいです」

湿気を含んだ夜の闇。

倒れ込むタイルは冷たくて、汗を引かせる。

中庭に続くこの場所は、屋根こそあるが片側は中庭のひな壇へ、反対側は月を望む窓へ口を広げていて戸外と同じ。

声だって、ちょっと大きくなればすぐに反響してしまうような場所だ。

なのに、俺は彼にしがみついた。

何度も何度もチャンスを逃した。

初めて会った時から、互いに惹かれ合っていたのに。

俺は彼が誰だか気がつかなかった。彼は俺を探すことが出来なかった。

互いに遠く離れても忘れることが出来なかったのに、再会した時には誤解して、好きなのに避け合っていた。

何てもったいない。

あの時、彼が『好きだから抱きたい』と言ってくれていれば。俺が自分の本当の気持ちに気づいていれば。

仕事だけでなく、もっと深いところで、二人一緒にいられただろうに。

「今度はちゃんと、優しくしてやる…」

だから、今すぐにキスをする。

回した手に力を込める。

固い床に押し付けられる頭は少し痛んだ。

服に零《こぼ》した酒が、酔いを増させた。

「声を、出すなよ」

彼の指が丁寧に濡《ぬ》れたシャツをめくる。

肌を滑るその感覚がこの前と違うのは、行為を与える側と受ける側と、二人の気持ちが変わったから。

仰向けになって、目を上げるとあの窓に月が見えた。

欠けてゆく途中の大きな月。

まるで時計のムーンフェイスのように。

天井を埋め尽くす幾重ものアーチ。

店舗部分とエントランスを仕切る少し色の付いたガラスの壁。

彼の造った、この空間に身を横たえる喜びを今はまだ伝える術がない。

口で言っても、ダメだろう。

どんなに説明しても、きっとこの感覚はわかるまい。

一本の線が、何もない紙の上に引かれ、幾重にも重なる。

直線と、曲線が複雑に絡み合って、立体を映す。

それがこうして現実に建ち上がり、人を集める場所として、美しい宇宙になる。

見る者によっては、ここは単なるビルだろう。けれど俺にとっては、ここは彼自身であり、身を沈めたい海の底にもなる。

月光が差し込むこの薄闇の中で、溶けるように抱き合う喜びは、言葉では表せない。

だから、俺は彼の背に回した手に力を込めた。

どうすれば相手を喜ばせてあげられるか、頭で考えたあの時とは違う。

身体の中から湧き上がる、こうしたいという欲望に任せて。

「北条…、背中」

床のタイルと背中の間に差し込まれる腕。

まるで固い床から俺を守るように少し身体を浮かせる。

「大丈夫…、冷たくて気持ちいいから」

首を食《は》む唇。

たくしあげられ、衿元にたまるシャツを飛び越して胸に飛び、敏感な部分を舌で濡らす。

神経の一本一本が甘く溶け出して、感覚が広がってゆく。

もっと、触れて。

もっと、快感を与えて。

形に残らないものでも、欲しいと思うように。

形に残らないものが、永遠に近いくらい永く残るように。

あなたのくれる感触の全てが、身体に刻まれて、消えなくなるように。

「俺…結構インランだったたんだ…」

身体に入っているアルコールよりも強い刺激。与えられる愛撫はもっと俺を酔わせて朦朧《もうろう》とさせる。

それが心地好いから、そう呟《つぶや》いた。

「いいんじゃないか?」

服越しではなく、肌と肌で感じる実感。

「男ってのはそういうのが好きだから」

彼が自分を求めているのがわかる変化も、直に感じる。

「…忍足さんも？」

「相手が好きなヤツなら」

顔を上げて、彼は俺を覗《のぞ》き込んだ。

「お前も、俺が我慢きかないってカンジのがいいだろう」

一瞬崩れる無表情。

唇の端だけをちょっと上げて作る笑顔に胸が鳴った。

仕事とか、他人に説明出来る形のある繋がりの消えてしまった後に彼がくれた素の表情が、窓から覗く月光よりも鮮やかに胸に焼き付く。

即物的に動く手が、与えるものから奪うものに性質を変える。

長くないはずの爪が、すっと腹の辺りを下りてズボンの戒めを解く。

「あ…」

声が漏れそうになって、俺は慌てて唇を噛《か》んだ。

彼の指が、俺の身体の上にラインを引いてゆく。

設計図を描くように、身体の立体をなぞるように。

あの奇麗なラインが全身に火を点ける。

「ん…」

暑くて、苦しくなる。

熱くて、切なくなる。

「この間はイラだって楽しむ間もなかったからな。今日は堪能させてもらう」

あんなに色々やったクセにそんなことを言う男は身体を起こし、開いた俺の足の間に身体を入れた。

下りていた前髪をまた掻き上げるために背中を反らすように上半身を起こすシルエットが、獣の伸びのように美しかった。

「唇じゃなく、シャツを噛《か》め」

手が、首に溜まっていた俺のシャツを口にあてがうから、俺はまた言われた通りにする。

これから何が起こるかわかっているから、静かに目を閉じる。

忍足さんの手が、下に触れた。

足が持ち上げられて、自分の胸を押す。

内腿を流れて来た手は、足の付け根を何度か彷徨《さまよ》った。

「ん…」

快感に身を捩《よじ》って震えると、同じ場所を何度も責められる。

俺の愛撫など必要もないのか、彼はただ俺を貪《むさぼ》り続けた。

そうして十分にこちらが準備出来るまで待って、押し当てられた熱い塊は侵入を開始した。

ガイドのために添えられていた手を離しても、俺がそれを吐き出さないとわかるまで、ゆっくり身体を進めてくわえさせる。

「は…」

苦しくて、彼が身体を支えるためについた腕に手を伸ばして強く握った。

「ん…っ」

そうしていても、彼が動く度に身体が上へずり上がり、何度目かの揺さぶりの時、頭が壁に当たってしまった。

その頭を抱くようにして身体を起こされるから、下腹部に力が入り、彼をきつく締め上げてしまう。

「うっ…」

今度声を漏らしたのは彼の方だった。

「ごめ…」

「いいから、シャツを噛んでろ」

頭を抱き寄せてくれた忍足さんが、俺の腕を振り払って身体ごと抱き締める。向かい合う形で密着し、更に壁に押しやられる。

少しの動きでも、全身に振動は広がり目眩《めまい》を起こさせた。

「これ一回にしとこう…」

掠《かす》れるような声。

「でないと、朝までしそうだ…」

その意見には賛成だったけれど、俺にはもう同意を示す言葉を発することも出来なかった。

ただもう、遠くなる意識を手放さないように、声を響かせないように、それだけに集中するのが精一杯で。

「ん…んっ…！」


疲れて、深い眠りの中を漂うことが気持ち良くて、意識がときおり表層に浮かび上がる度、再び自分から眠りを求めて闇に落ちた。

無から有を生み出す。

それに憧れていたけれど、結局一番欲しかったのは、形のないものだったらしい。

振り向いて、誰の目にも映るものではなく、自分だけがわかっているというものが、一番大切なものだったらしい。

手の届かない月。

見えるけれど、触れられない。

それがあんなにも美しく見えるのは、あれが留めておけないものだからだ。

留めておけないからこそ、それを忘れないように必死になり、何よりも強く欲するのだ。

家族とか、家庭とか。夫婦とか、親子とか、恋人とか。

父親が懸命に働いて守っていたものの正体がわかる。

形あるものなら『いつか作れる』『壊れても直せる』。

けれど形のない不確かなものは、努力して、頑張って、守るしかないのだ。だから何よりもいとおしむことが出来るのだ。

忍足さんと、二人で何かを作りたかった。

けれど『築く』というのは形のないものでも出来るものなのだ。

形のない月光が色を添えてこそより美しく浮かぶ『ムーン・ガーデン』。あの空間のように、形あるものとないものが融合して一番の美しさを作り出すのだ。

そんなことをうつらうつらと考えながら何度目かの意識の浮遊を覚えた時、俺はついに覚醒させられた。

「…う」

力強い手が肩を揺さぶる。

「…じょう」

かくかくと首が振られ、どんよりとした意識の中から引きずり出される。

「北条」

起こしたのは、忍足さんだった。

目を開けると、そこはあの月の見える場所ではなく、太陽の光が降り注ぐ彼のベッドルームだった。

「あ…おはようございます」

「…相変わらず間抜けなセリフばっかりだな」

「でも…」

「もう昼過ぎだ。いいから起きてシャワーを浴びろ。しゃっきり目を覚ますんだ」

目を開けて、身体を起こすと、既に彼は服を着て髪も整えていた。

昨夜の行状がたたって身体中が痛い。

冷たく固い場所で無理な運動をしていたせいだろう。

それに二日酔いなのか、少し頭も重かった。

「いいな、十分で下りて来いよ」

そう言って部屋を出て行く彼を見送って、何が何だかわからなくなった。

昨夜、確かに互いに『好きだ』と告白し合ったよな。抱き合って、キスをして、求め合ったよな。

ぐったりとした俺を抱え、車でここまで運んでくれたのは忍足さんだった。

場所を柔らかなベッドに替えて、更に求めて来たのも彼だった。

なのに今の忍足さんの顔は恋人とかそんな甘いものではなく、仕事をするいつものあの人の表情だった。

「いけない、十分って言われたっけ」

起き上がろうとすると、あちこちに痛みが分散する。だが彼の態度はのんびりとすることを許してはくれなさそうだ。

俺はそうっとベッドから抜け出し、裸のままシャワールームに入った。

ここを使うのは二度目だ。

しかもいつも目覚めと共に一人で置いて行かれてしまう。

昨夜の出来事は、やっぱり夢だったのだろうか？

それとも、彼もまた酔っていたのだろうか。そういえばあの時、彼も俺の持って来た酒を飲んでいたっけ。

いや、彼の言葉と眼差しを信じてる。あの強さが夢であった筈がない。

シャワーを浴びて、何とか錆《さ》び付いた身体と意識を起こし部屋へ戻る。

先日と違うのは、彼が揃えてくれたのであろう新しい服が一揃え置いてあったことだった。

「…ピッタリだ。忍足さんのじゃない」

では俺の?

わざわざあの人が?

変な歩き方をしながら壁伝いに階下へ下りる。

広いフロアの端、壁際に据えられたデスクの前に座り、忍足さんは難しい顔で何かを睨《にら》んでいた。

「あの…、来ました」

仕事をしているのかと思ったが、声を掛けるとすぐに顔を上げた。

「来たか。こっちへ来い」

「はあ、ちょっと上手《うま》く歩けなくて」

彼は『ああ』と言う顔をすると、歩み寄って俺を抱き上げた。

「今書類を見てた」

「書類？」

そしてソファの方へそっと下ろす。

「石原に理不尽なまま仕事を降ろされて黙ってる必要はないだろう。仕事がしたいなら、こっちも反撃するんだ」

彼はさっきまでデスクで見ていた書類を持って来ると、俺の目の前にばらばらと広げた。

「テナントの殆《ほとん》どはお前の紹介で入ってる。契約書類には立ち会いという形でお前の名前も入ってる」

「はい、大体友人とか飲み仲間ですから」

「関与がなかったのはこの三つだな」

「はい。でもそれも一応間に入ってくれたのは知人です」

「よし。それからこっちは俺の書類だが、これには完璧にお前が俺の全ての便宜をはかる約束が条項として記載されてる」

そうだ。この人と仕事がしたいから、自分がそう書き記したのだ。

「そして俺が契約した相手は石原だ」

「そうです。だって、彼が施工主ですから」

当然のことなのに、それを聞いた彼はにやりと笑った。

「それなら、俺に黙ってお前を外すのは石原の俺に対する契約不履行だ」

「え?」

一瞬、彼の言いたいことがわからなくて、ポカンとした顔で忍足さんを見上げた。

「工務店や配管の連中は扇屋《おうぎや》が相手じゃこっちの味方にはつかないだろう。あっちの方がメリットが大きいからな。だがお前の紹介で入ることになっている連中の半分はこっちに付けることができるだろう。契約の最初で躓《つまず》きを起こした相手と長くやってこうって商売人は少ないからな。ましてや、連中は個人店舗が殆どで、扇屋にからんでいる必要性はない。むしろ、これから増改築を頼む可能性があるならお前と一緒にやって行く方がメリットがある」

「…はい」

「だから今すぐ彼等に電話入れるんだ。理不尽な理由で、自分は仕事を降ろされた。もう仲介はできない。自分を元のポストに戻さないかぎり、店舗の内装も忍足はやらないと言ってる、となと」

それは…。

「もっとも、身体云々のことは口にしなくていいぞ。お前にもあまりいい風評を残さないだろうからな。それに、ヤツが婚約してるってのが本当ならもっと効果的な使い道もありそうだから」

俺のために？

「でも、そんなことをしたら忍足さんだって降ろされちゃいますよ」

「俺は別にかまわんさ。クライアントと衝突して仕事を降りるのは初めてじゃないし、こっちには契約書ってもんがある」

何て、強い人なんだろう。

自分は悔しいばかりで石原に反撃することなど考えてもみなかった。

降ろされてしまったら、それで終わりだと思っていた。どんなに頑張っても、自分の立場では何も出来ないからと諦めかけていた。

なのにこの人は、俺が疲れて眠っている間に書類を全て引っ繰り返し、やるべきことを探していたのだ。

「仕事、したいんだろう、最後まで」

強い眼差しが、射るように俺を見る。

付いて来るなと言うように。

「したいです、もちろん」

だから俺は頷《うなず》いた。

「よし、じゃあすぐにかかれ。電話をしてそいつ等から約束を取り付けろ。そいつが終わったらすぐに出掛けるから」

「出掛けるって、どこへです」

「石原のところだ」

「石原さんの?」

「当然だろう。悪いものはすぐに叩《たた》き壊しとくべきだ」

そして、笑って俺の頭を撫《な》でた。

「安心しろ、ちゃんと俺も一緒に行ってやるから」

やる、と言ったらやる。

どんなことにも真剣勝負で挑む。

この人だから、自分は心惹かれたのだ。

出会って言葉を交わす前から、わかっていた気がする。

彼のその強さを。

「やります。俺だってあそこが完成する姿、見たいから。あなたと一緒にあそこを造りたいから」

何もないからあれに縋《すが》るのではなく、彼の強さに惹かれ、共に進むために。

二人を結び付けてくれたものを、きちんと完成させるために。

おれはそう言い切った。

「負けません、絶対に」


夏の盛りが過ぎる頃、『ムーン・ガーデン』は完成した。

中心部分に中庭を配したレンガ造りのその建物は、開放的なエントランスの中央から扇形の広い階段が舞台を作り、その両翼に淡い色の付いたガラス越しにブランド店が見える。

更にその奥はアーチ形の空間があり、その奥には空に抜ける吹き抜けの窓がある。

二階と三階部分は道から見える方向にベランダがしつらえてあり、並ぶ個性的な店の内装がちらりと見えるようになっていて、興味をあおるようになっていた。

売りである中庭では、外国人の大道芸人が楽器を鳴らし、それを聞くために人々が集まって耳を傾けている。

そのビルの完成した姿を、俺はじっと感慨を持って見上げていた。

あの決意の日から今日までの時間を何と言おう。

忍足さんが進言してくれた通り、あの日俺は必要と思われる全ての人に連絡をとって、不当解雇の事実を告げ、今後の身の振り方を考えると話した。

ここから先のケアは最後までするが、扇屋自体の確約が取れないことと、建築家の忍足氏が現場を離れるかも知れないということも。

ファッション性の高さを誇る店舗ばかりを集めたテナントだった。

俺自身が足を運び、酒を酌《く》み交わし、個人で取って来た契約だった。

だからその殆どは、俺が抜け、ファッション性の看板であった建築家の降板を聞いて、それが解決しない限り契約は保留するという委任状を、俺に渡してくれることを快諾した。

その委任状の全てを持って、俺と忍足さんはすぐに石原のオフィスに向かった。

心臓が口から飛び出しそうとはああいうことを言うのだろう。震える足、汗ばむ手。もしも忍足さんが腕を取ってくれなければ、きっと部屋の前でUターンしてしまったに違いない。

どんなに考えても、自分は駆け出しの小僧で、彼は名門の子息なのだから。

だが忍足さんは少しも怯《ひる》みはしなかった。

俺達の来訪を驚き、不快をもって迎えた石原の前で、彼は俺の用意した書類を広げた。

「あんたのしたことは全て聞いたよ」

そして彼のデスクの端にひょいっと腰掛け、上から睨みつける。

「個人的な趣味をどうこう言うことはしない。趣味ってのは色々あるだろう。証拠もあるわけじゃなし、みっともない強請《ゆすり》みたいに周囲に言い触らすぞとは言わない」

その言葉自体が脅しになっているとわかって言う言葉。だがそれが本心でもあるのだろう。言えばきっと俺も傷付くと知っているから。

「だがな、仕事はキチンとやってもらわなきゃな。俺は自分の契約書に北条の名を入れている。彼を降ろすのには反対だ」

「こ…この若造が何を言ったか知らんが、私は…！」

「誰が何を言おうといいんだ、俺が話してるのは仕事のことだ。ここに委任状がある。全てがお飾り副社長のあんたよりもここにいる北条を信用して仕事を受けたという証拠だ。見てみるがいい」

長い指は堅苦しい語句が並ぶ書類を示した。

「全員が、北条が抜けるなら降りると言ってる。もちろん俺もだ。この意味があんたにならわかるだろう。完成間近に建築家にもテナントにも逃げられるって意味が」

「それは…」

「俺達はあんたの駒じゃない。自分のために仕事をしているんだ。勝手な気まぐれでそれをねじ曲げようって言うなら、法的処置も辞さない覚悟だってのを覚えておくんだな。弁護士を立てても、俺の勝ちだ」

「私の元にいれば成功が約束されてるんだぞ。そんな若造の言葉に惑わされてそれを棒に振るって言うのか！」

「お前の元で成功？　冗談言うなよ、俺は自分の力でのし上がる。お前の全てを剝《は》ぎ取ることで自分も落ちるのだとしても、俺は這《は》い上がれる。あんただけが完成間近の事業に失敗し、二度と他人に認められることがなくなるだけだ」

忍足さんの言葉を咀嚼《そしやく》しようとするような沈黙。長く戦えば勝てる可能性があったとしても、『信頼されない経営者』の烙印《らくいん》は押されるであろうことは彼も納得したのだろう。

「私に…どうしろって言うんだ…」

恵まれた境遇にいる者は挫折に弱い。その実例のように、石原はがっくりと頭を垂れた。

「俺達が求めるのは自分の仕事を完成させることだけだ。北条を仕事に戻せ」

返事は、五分ほどの沈黙の後に短く吐き出された。

「…好きにするがいい」

自分より下と思う者に対して見せていた尊大さは、もうどこにも見えなかった。

「この委任状はビルが完成するまで俺が預かっておく。あんたが大事なことを忘れたりしないようにな」

俺は、一言も言うことは出来なかった。

「いい仕事をさせてもらうよ、石原さん」

ただずっと、広い忍足さんの背中だけを見ていた。

彼が彼自身の仕事のために戦うのを、俺を護《まも》ろうと戦うのを、信じて見守ることしか出来なかった。

来た時と同じように彼に腕を取られ部屋を出ると、俺はその背中にしがみついた。

「仕事…出来るんですね。忍足さんの建築家としての才能のお陰です」

だがそんな俺に彼は首を横に振ってこう言った。

「それはもちろんあるだろうさ。俺は自分の名前で仕事をする人間だから。だがな、人が集まるというのも一つの才能だ。誰かが誰かのために何かをしようと動いてくれる気持ちになるのは、その相手に人を惹きつける才能があるからだ。だからお前はもっと胸を張るがいい」

心地好い言葉。

その言葉に支えられ、俺達は石原のオフィスを後にした。きっぱりと、顔を上げて。

その日から、残された完成までの短い時間を惜しむように精一杯仕事をした。

工事の仕上げ、内装、店舗の引っ越し、レセプションの準備。

石原は二度と現場に現れることはなかったが、俺達は毎日築き上げられる城を見に足を運んだ。

今、見上げるこの美しく仕上がった建物の前に、少しの遺恨も、辛い思い出を抱くこともなく立っていられるのは忍足さんのお陰だ。

途中で投げ出したり奪われたりすることなく、俺達の手で今日の日を迎えられたのは全てあの人のお陰だ。

そう、自分の隣にポーカーフェイスで立っている、長身の男の。

優しさも、強さも、全て自分に与えてくれたこの人が、『ムーン・ガーデン』も俺に与えてくれたのだ。

「日が落ちたらまた来ようかな。あそこに浮かぶ月はとても奇麗だから」

オープニングの騒ぎはまだ続いていた。

「やめとけ、またアブナイ目にあわせるぞ」

その輪から離れた場所で、俺達は自分達だけの祝いの宴を心の中で楽しんでいる。

「アブナイ目って何です」

陽に輝く美しい月の庭を眺めながら。

「それはお前が一番よくわかってるだろう」

俺の言葉に小さく笑い、彼はいつものように、ポケットからタバコを取り出して、一人くゆらせる。仕事の終わりが繋がりの終わりだとわかっていても、もう寂しいとは思わなかった。

いつでも、どれほど離れても、彼の熱を感じられる自信があるから。

忍足さんはそのまま深く吸い付けたタバコを長い指先で弄《もてあそ》び、ポツリと言った。

「こいつは悪くない仕事だった」

風がないから長く上へ上がる白い煙。

「だが最高の気分ってわけじゃない」

その煙ごしに、忍足さんは俺だけのため僅《わず》かな笑みを浮かべる。

「どうだ。今度はもっといい気分になる仕事を、俺とやらないか?」

この人の言葉に逆らう術を持たない俺だから、もちろん返事は決まっていた。

「是非。忍足さんが一番いい状態で仕事が出来るように、俺が頑張ります」

今度は、『残す』ためでなく『生み出す』ために、二人の力を合わせて。

次も、同じ気持ちでその成果を見上げられるように。

あとがき

皆様、初めまして、もしくはお久しぶりです。火崎勇《ひざきゆう》でございます。

この度は、何かめずらしい職業の話でお目見えです。

皆さんは建築プロデューサーという職業を知ってますか？　火崎はこの原稿を書くちょっと前に知りました。これは実際にある職業なんです。

ある日、本屋で見かけた一冊の本がこのお話を書くきっかけです。単に知らない職業の話だから面白そうだな、と思って買って帰ったのですが、その後丁度担当さんから電話があって「何か変わった職業の話書きませんか」と言われたのです。

何と渡りに船。

「それじゃ建築プロデューサーなんてのはどうでしょう」と言ってみると即座にＯＫ。

その後参考資料を買い足し、ちょっと建築の勉強したりして、にわかマニアになりました。

いや、原稿書き終わったら忘れてしまったんですが。

でも頑張ったので、楽しんでいただけましたら幸いです。

ちなみに、忍足《おしだり》と北条《ほうじょう》にはそれぞれ実在のモデルがいます。建築関係の本を読むと、わかる人にはわかるかも。ヒントは作中にあります。

『ムーン・ガーデン』にもモデルがあります。実際は規模もデザインも全く違うんですが、まあコンセプトとかがね。これは関西方面の人がわかるかな？　そのビルを、モデルにしてる二人が若い時に手掛けてるんですよ。でも火崎は行ってみたことはありません。

もし全部わかる人がいたらスゴイです。


さて、この原稿を書いてる最中色々なことがありまして皆様に迷惑をおかけしました。相変わらずトラブル続きの身の上で…。

編集のB様はもちろん、イラストの須賀《すが》様。久々の接点なのに迷惑かけまくりで申し訳ございませんでした。機会がありましたら会ってお詫びをさせて下さい。相変わらず美人ですか？

読者の皆様、これからも頑張りますので、どうか見捨てないで付き合ってやって下さいね。

それでは、そろそろこの辺で、またの会う日を楽しみに。

この本を読んでのご意見、ご感想を編集部までお寄せください。

《あて先》〒105‐8055　東京都港区東新橋1‐1‐16　徳間書店　キャラ編集部気付

「火崎勇先生」「須賀邦彦先生」係

■初出一覧
ムーン・ガーデン……書き下ろし

ムーン・ガーデン

【キャラ文庫】

2000年8月31日　初刷

著者　火崎勇
発行者　松園光雄
発行所　株式会社徳間書店
〒105-8055 東京都港区東新橋1-1-16
電話03-3573-0111（大代表）
振替00140-0-44392

印刷・製本　図書印刷株式会社
カバー・口絵　近代美術株式会社
デザイン　海老原秀幸

ISBN4-19-900151-4

少女コミック
MAGAZINE

Chara［キャラ］

BIMONTHLY
隔月刊

［毎日晴天！］
原作 菅野 彰×作画 二宮悦巳

［ラスト・ターゲット］
原作 池戸裕子×作画 麻々原絵里依

イラスト／二宮悦巳

イラスト／麻々原絵里依

……豪華執筆陣……

秋月こお×こいでみえこ　吉原理恵子×禾田みちる
杉本亜未　篠原烏童　雁川せゆ　有那寿実
峰倉かずや　辻よしみ　TONO　藤たまき　etc.

偶数月22日発売

YOU HIZAKI PRESENTS
ウォータークラウン
火崎 勇
イラスト◆不破慎理
大人だから、言えない。
本当は愛してるって——

好評発売中

火崎 勇の本
【永い言葉】

イラスト◆石田育絵

松尾《まつお》は気ままな独身生活を楽しむ営業マン。久しぶりに顔を合わせた隣家の高校生・静葉《しずは》がバイトを探していると知り、自分の会社を紹介する。綺麗で穏やかな静葉は同僚達に好かれるようになる。だが、なぜか松尾は面白くない。ある晩二人で残業していると、静葉が突然唇を寄せてきた。「ずっと好きだった」と告白しながら…。密やかな恋に揺れるアダルト・ロマンス。

好評発売中

火崎 勇の本

【恋愛発展途上】

イラスト◆蓮川 愛

犬の美容師《トリマー》の春夜《しゅんや》は、12頭もの犬の世話を依頼された。飼い主の鳴神《なるかみ》は、なんと売れっ子のポルノ作家!!　傲岸不遜で無礼な態度の鳴神に、春夜の第一印象はサイアク。だけど、なぜか鳴神には迫られて…!?　「好きになったらヤリたいと思うのが大人の恋だ」なんて無表情に言う鳴神。からかってんのかと春夜はムカつくけど、そんな鳴神がふと見せる優しさが気になって──。

キャラ文庫既刊

■秋月こお
[やってらんねェぜ！①〜④]
[セカンド・レボリューション やってらんねェぜ！外伝]
[アーバンナイト・クルーズ やってらんねェぜ！外伝2]
[酒と薔薇とジェラシーと やってらんねェぜ！外伝3] CUT／こいでみえこ

[王様な猫]
[王様な猫のしつけ方 王様な猫2]
[王様な猫の陰謀と純愛 王様な猫3] CUT／かすみ涼和

■朝月美姫
[BAD BOYブルース]
[俺たちのセカンド・シーズン BAD BOYブルース2] CUT／東城麻美
[シャドー・シティ] CUT／ほたか乱
[ヴァージンな恋愛] CUT／極楽院櫻子

■五百香ノエル
[キリング・ビータ]
[偶像の資格 キリング・ビータ2]
[暗黒の誕生 キリング・ビータ3]
[静寂の暴走 キリング・ビータ4] CUT／麻々原絵里依

[幼馴染み冒険隊 デッド・スポット] CUT／みずき健
[GENE《ゲーン》 天使は裂かれる]
[望郷天使 GENE2]
[紅蓮の稲妻 GENE3] CUT／金ひかる

■斑鳩サハラ
[僕の銀狐]
[押したおされて 僕の銀狐2]
[最強ラヴァーズ 僕の銀狐3] CUT／越智千文

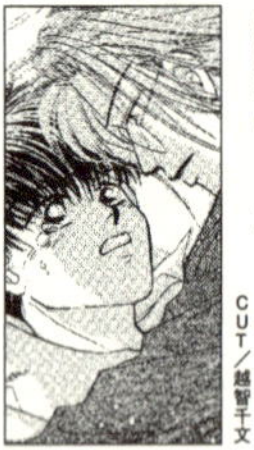

[月夜の恋奇譚] CUT／吹山りこ
[夏の感触] CUT／嶋田尚未

■池戸裕子
[恋はシャッフル] CUT／雁川せゆ
[ロマンスのルール]
[告白のリミット ロマンスのルール2]
[優しさのプライド ロマンスのルール3] CUT／ビリー高橋
[小さな花束を持って] CUT／金ひかる
[アニマル・スイッチ] CUT／夏乃あゆみ
[TROUBLE TRAP！] CUT／峰倉かずや
[いつだって大キライ] CUT／のもまりの

■緒方志乃
[甘え上手なエゴイスト] CUT／高久尚子
[ファイナル・チャンス！] CUT／北畠あけの

■鹿住槇
[優しい革命]
[いじっぱりトラブル 続・優しい革命] CUT／橘 皆無

[甘える覚悟] CUT／穂波ゆきね
[愛情シェイク]
[微熱ウォーズ 愛情シェイク2] CUT／高群 保
[泣きべそステップ] CUT／やまかみ梨由
[別嬪レイディ] CUT／大和名瀬
[恋するキューピッド] CUT／明神 翼
[可愛くない可愛いキミ] CUT／藤崎一也

■かわいゆみこ
[Die Karte ―カルテ―] CUT／ほたか乱

■川原つばさ
[泣かせてみたい①〜⑥] CUT／禾田みちる
[天使のアルファベット] CUT／極楽院櫻子
[プラトニック・ダンス①〜③] CUT／沖麻実也

■神奈木智
[地球儀の庭] CUT／やまかみ梨由
[王様は、今日も不機嫌] CUT／雁川せゆ
[勝ち気な三日月] CUT／楠本こすり
[キスなんて、大嫌い] CUT／穂波ゆきね

キャラ文庫既刊

■高坂結城
[午前2時にみる夢] CUT／羽音こうき
[恋愛ルーレット] CUT／橘 皆無
[瞳のロマンチスト] CUT／穂波ゆきね
[エンジェリック・ラバー] CUT／みずき健

■剛しいら
[このままでいさせて] CUT／藤崎一也
[エンドマークじゃ終わらない] CUT／椎名咲月

■ごとうしのぶ
[水に眠る月 ―夢見の章―]
[水に眠る月② ―霧雨の章―]
[水に眠る月③ ―黄昏の章―] CUT／Lee

■篠 稲穂
[ひそやかな激情] CUT／穂波ゆきね
[草食動物の憂鬱] CUT／宗真仁子
[禁欲的《ストイック》な僕の事情] CUT／桃季さえ

■菅野 彰
[毎日晴天!]
[子供は止まらない 毎日晴天!2]
[子供の言い分 毎日晴天!3]
[いそがないで。 毎日晴天!4]
[花屋の二階で 毎日晴天!5]
[子供たちの長い夜 毎日晴天!6] CUT／二宮悦巳

■春原いずみ
[風のコラージュ] CUT／やまかみ梨由
[緋色のフレイム] CUT／果桃なばこ

■染井吉乃
[嘘つきの恋]
[蜜月の条件 嘘つきの恋2] CUT／宗真仁子

[サギヌマ薬局で…] CUT／よしながふみ

■篁釉以子
[ヴァージン・ビート] CUT／かすみ涼和
[ヴァニシング・フォーカス] CUT／楠本こすり

■月村 奎
[そして恋がはじまる] CUT／夢花 李

■火崎 勇
[ウォータークラウン] CUT／不破慎理
[EASYな微熱] CUT／金ひかる
[永い言葉] CUT／石田育絵
[恋愛発展途上] CUT／蓮川 愛
[三度目のキス] CUT／高久尚子
[ムーン・ガーデン] CUT／須賀邦彦

■ふゆの仁子
[メリーメイカーズ] CUT／楠本こすり
[飛沫の鼓動《リズム》]
[飛沫の輪舞《ロンド》 飛沫の鼓動2]
[飛沫の円舞《ワルツ》 飛沫の鼓動3] CUT／不破慎理
[太陽が満ちるとき] CUT／高久尚子
[年下の男] CUT／北畠あけの
[Gのエクスタシー] CUT／やまねあやの

■松岡なつき
[声にならないカデンツァ] CUT／ビリー高橋
[ブラックタイで革命を]
[ドレスシャツの野蛮人 ブラックタイで革命を2] CUT／緋色れーいち
[センターコート] 全3巻 CUT／須賀邦彦
[旅行鞄をしまえる日] CUT／史堂 櫂
[GO WEST!] CUT／ほたか乱
[NOと言えなくて] CUT／果桃なばこ

■真船るのあ
[オープン・セサミ]
[楽園にとどくまで オープン・セサミ2]
[やすらぎのマーメイド オープン・セサミ3] CUT／蓮川 愛

■水無月さらら
[素直でなんかいられない] CUT／かすみ涼和
[無敵のベビーフェイス]
[ファジーな人魚姫 私立海宝学園シリーズ2] CUT／吹山りこ

■望月広海
[あなたを知りたくて] CUT／藤崎一也
[君をつつむ光] CUT／ビリー高橋

■桃さくら
[砂漠に落ちた一粒の砂]
[いつか砂漠に連れてって 砂漠に落ちた一粒の砂2] CUT／吹山りこ
[ロマンチック・ダンディー] CUT／ほたか乱

〈2000年8月現在〉